目次

晴れ湯

朝井まかて

朝井まかて（あさい・まかて）

大阪府生まれ。２００８年、第3回小説現代長編新人賞奨励賞を『実さえ花さえ』（のちに『花競べ　向嶋なずな屋繁盛記』に改題）で受賞してデビュー。14年『恋歌』で第１５０回直木賞、同年『阿蘭陀西鶴』で第31回織田作之助賞、16年『眩』で第22回中山義秀文学賞、18年『雲上雲下』で第13回中央公論文芸賞、『悪玉伝』で第22回司馬遼太郎賞を受賞。他に『類』『輪舞曲』『グッドバイ』などがある。

朝の陽射しが天窓から降ってきて、板間の傾斜を流れる湯の一筋がきらきらと光る。

お晴《はる》は流し湯に足を広げて立ち、ご隠居の背中から尻までを糠袋《ぬかぶくろ》でせっせとこすっている。

ここは神田《かんだ》松田町《まつだちょう》にある松乃湯《まつのゆ》で、お晴はあるじ夫婦のひとり娘だ。この春で十歳になった。

ご隠居の背骨から尻骨まではでこぼこと飛び出ていて、ひいふうみいと数えられるほどだ。他の客と同じく逆さにした桶の上に腰掛けているので、前のめりになって転ばないよう、お晴は時々、左手を伸ばしてご隠居の肩を押さえてやらねばならない。そうしたまま自身は立ったり屈《かが》んだりして、躰《からだ》をこすり洗いしていく。

お晴は金太郎みたいな、赤い前掛けをつけている。首の後ろで紐《ひも》をくくり、背中はむきだしだ。それでもこうして三助《さんすけ》をしていると、柘榴口《ざくろぐち》から漏れ出る湯気で汗が噴き出してくる。腰に裾《すそ》短かに巻きつけた赤布は、おっ母《か》さんの湯文字《ゆもじ》を自分でちょきりと鋏《はさみ》で切ったものだ。

「また勝手に、そんなことをして」

十日前の朝、お晴が高座《こうざ》に坐るおっ母さんにその姿を見せると、おっ母さんは自分の湯文字を切られたことに腹を立てた。

「もったいない」

「あたいはべつだん素裸でもいいんだけど、裸ばかりの中に裸でいても目立たないから」

言い張ると、おっ母さんは「それもそうだけど」と首をかしげた。

「けどお晴、本当に三助なんてできるの」

松乃湯には庄助《しょうすけ》どんという年季の入った三助がいて、客受けもよく祝儀《しゅうぎ》もたんと稼いでいたのだが、ひと月前、桃の節句の晩にふいにいなくなったのだ。女湯の噂《うわさ》では、どうやら「欠落《かけお》ち」なるものをしたらしい。

それからおっ母さんは郷里の加賀《かが》に人を寄越してくれないかと文を出したが、まだ何の音沙汰もない。そのうち来るには来るだろうけれど、素人の小僧をまた一から仕込まねばならず、当座の役には立たないはずだ。

　水の冷たい冬は薪代《まき》がやけに嵩《かさ》むので、お客が払ってくれる湯銭だけでは商《あきな》いが回らない。やっと水がぬるむ晩春となって、さあ、これからという時に庄助どんが出奔して出鼻を挫《くじ》かれた。

「湯屋《ゆうや》は夏にどれだけ稼げるかにかかっているのに、お客さんらに見限られちゃ、事《こと》だわね」

「さいです。三助のいない湯屋なんぞ、白湯《さゆ》みてぇに味気ねえもんです」

　おっ母さんと源《げん》じいさんは、思案顔でそんな話をしていた。で、お晴がその役目を買って出たというわけだ。

「できるの」と、おっ母さんはもういっぺん訊《たず》ねた。

「アイサ、できます」

　でないと、松乃湯は干上がってしまう。

「手習塾《てならい》はどうするの」

「今日は休みます」

「近頃、休んでばかりじゃないの。あんなに喜んで通ってたのに」

「いいんです」

こういう時、きっぱりと言ってのけるのが肝心だ。するとおっ母さんはたいてい、考えるのを途中でやめる。

湯屋は、六ツから六ツまでの稼業だ。明《あけ》六ツ、明烏《あけがらす》の声を聞きながら薪割りに水汲み、それから湯を沸かして店を開ける用意を始め、暮《くれ》六ツの鐘もろともに湯舟の栓を抜く。もちろんそれからも一仕事。脱ぎ場の棚を片づけ、洗い湯と湯舟を一刻《いっとき》ほどもかかって掃除し、やっと寝床《ねどこ》に倒れ込むのは夜更けだ。

しかも日中は、常に誰かが高座《こうざ》に坐っていなければならない。松乃湯ではその役目はおっ母さんで、湯銭を受け取って糠袋や手拭いを貸したり、房楊枝《ふさようじ》やあかぎれの膏薬《こうやく》も売る。しじゅうお客が出入りするので、一時たりとも場を空けることができない。

だからお晴とおっ母さんの話はほとんどが中折れして、時々、おっ母さんは今、何の話をしていたかを忘れる。

「じゃあ、好きにしまっし」

やっぱりね。

手を動かすたびにもろもろが浮き出るのがすこぶる面白《おもしろ》くて、お晴は思わず声を弾ませる。

「ご隠居、凄いよ」

「出てますか」

「出てます、出てます」

ご隠居は花見で風邪をひいたとかで、顔を見せたのはひと月ぶりだ。垢《あか》のすり甲《が》斐《い》がたっぷりとある。

「ほら」

肩越しに両の掌《てのひら》を並べて見せると、ご隠居は首を突き出すようにして「ほうほ」と咽喉《のど》を鳴らした。

「いやはや、抜群ですね」

「うん、ばつぐんです」

お晴は胸を張った。

「お晴坊、三助稼業が板についたな」

洗い場で躰を洗っている連中が、揃って笑い声を立てた。

軽石で熱心に踵《かかと》をこすっている若い衆《し》に、盥《たらい》の前に坐り込んでいる親爺《おやじ》さんも皆、顔見知りのお客だ。手拭いを肩にして柘榴口から出てきたばかりの先生も通りざまに足を止め、お晴の頭をくしゃりと撫《な》でた。

「精が出るの」

先生は界隈《かいわい》でも有名な戯作者《げさくしゃ》で、太鼓みたいに大きな腹をしている。軽石の若い衆は近くの長屋に住む職人だ。毎日、仕事にかかる前にひとっ風呂浴びにくる。その横に盥を据えて褌《ふんどし》を洗っている親爺は房楊枝売りの平《へい》さんで、松乃湯が高座で扱っている物も平さんから買っている。

柘榴口の向こうにある湯舟にもすでに何人かが入っていて、見知り同士、挨拶《あいさつ》を交わしたり、長唄の稽古《けいこ》も聞こえる。この声はたぶん料理屋の御亭《ごてい》さんで、粋《いき》な通人《つうじん》として知られている。

けれどお晴から見れば、どれも同じ裸だ。その日暮らしの長屋者であろうと名のあるお医者であろうと、それこそふだんは「さよう、しからば、ござる」なんて四角い物言いをするお武家だって、皆、着物を脱げばへそが一つ、尻は二つに分かれている。

女湯は今はまだ、おとなしい。朝湯を使いにくるのは女隠居や大店《おおだな》の身内、そして女芸者か囲者《かこいもの》がほとんどなので、長屋のおかみさん連中が集まる夜とは異なり、かくだんに静かだ。

江戸の湯屋では柘榴口を潜って入る湯舟は男女別にこしらえてあるものの、流し場や脱ぎ場には申し訳ていどの仕切りしかないので、こうして男湯の流し場にいても様子はよくわかる。たまに女湯で喧嘩《けんか》沙汰が起きたりすると、「待て、待てい」と男湯から仲裁が駈けつけるほどだ。

「三助をするのが面白いか」

先生が自分の留桶《とめおけ》の脇に坐り、呉絽《ごろ》の小布で胸を洗いながら訊《き》いてきた。備えつけの小桶はただで使えるが留桶はその人専用の桶なので、節句ごとに二百文をちょうだいして新調するのが決まりだ。小判形で大きさも立派、家紋が漆《うるし》で入っている。

「面白いです。ひねた鶏みたいな躰がゆで卵みたいにつるつる、ぴかぴかになります」

お晴はご隠居の腕を持ち上げて腋《わき》の下をこする。すると、こそばゆそうに皺腹《しわばら》が揺れる。

「ひね鶏を卵にするか。それは、ずいぶんと若返るものよ」

先生が笑うと、周囲の男らがまた可笑《おか》しそうに肩や膝を揺らした。

「つるぴかにするたァ、殊勝なこった。逃げた庄助に聞かせてやりてぇや」

ご隠居も「ほうほ」と笑っている。

お晴は肌の具合を素手で確かめ、次の段取りを考えながら糠袋を板間の上に置いた。掛け湯で垢を洗い流し、それから躰を揉みほぐすまでが三助の仕事だ。桶に汲んであった湯に指を入れてみると、もうぬるくなっている。

「ちょっと待ってて。熱いの、もらってくる」

小桶を脇に抱えて身を返し、お晴はたたっと走る。年寄のこと、生ぬるい掛け湯をしたら躰が冷えてまた風邪をひいてしまう。柘榴口の右手には小さな潜り戸があり、その前に滑り込むようにして膝をつき、桶を差し出した。

「お湯《ぶう》、おくんまっし」

「あいよお」

潜り戸からのんびりと柄杓《ひしやく》だけが出てきて、桶が湯で埋められる。顔は見えないが戸の向こうには釜番と湯汲みを引き受けている源じいさんが坐っていて、湯舟から引いた熱い湯を求めに応じて汲み入れる。

源じいさんはお晴が生まれるずっと前、お晴の祖父《じい》さんがここを開いた頃に加賀から出てきて、以来、ずっと松乃湯に住み込んでいる。お晴が物心ついた時からすでに腰が曲がっていたが、今も薪割りから水汲み、湯汲み、掃除までを黙々とこなす。

江戸で湯屋を営む者から奉公人までのほとんどが越後《えちご》や越中《えっちゅう》の生まれで、北国者《ほっこくもの》だ。お晴の祖父さんも加賀から江戸に出てきて、縁者の湯屋で奉公しながらこつこつと銭を貯めてここを開いたらしい。その際、奉公人は気心が知れた郷里の者を呼び寄せるのが慣いで、祖父さんは自身の女房まで加賀から迎えた。

その倅《せがれ》がお晴のお父《と》っつぁん、四郎兵衛《しろべえ》で、おっ母さんのお竹《たけ》もまた加賀の遠縁から嫁いできている。

お晴は湯をこぼさないようにそろそろと戻り、「行きますよお」とご隠居に声をかけた。両手で小桶を高く持ち上げ、ゆるりと湯を掛け流す。半分ほど軽くなると片手で持てるので、躰の垢を素手で下へと洗い流し、それから揉みに入った。

「お晴ちゃん、もう充分ですよ。そこまでしてくれなくったって」

「最後までやります」

お晴は我知らず頬《ほお》を膨らませていた。中途で「もういいよ」と言われるのが、いちばん厭《いや》なのだ。

こどもだからって甘やかさないでほしい。あたいは三つの時から、高座にも上がってんです。

——お晴、ちょっとだけここにいまっし。

近所の女房らが言うには、おっ母さんはまだ幼いお晴をちょこんと坐らせて、その間に手水《ちょうず》を使ったり、飯を買いに外へ出ていたらしい。

高座は表の暖簾《のれん》を潜ってすぐの土間に面しており、男も女もまずそこで銭を払う。湯銭は御公儀《おかみ》のお定めで決まっていて、大人、こども共に一人前九文だ。

今も、おっ母さんの背中の端だけが見えている。高座は女湯の土間に設けられているので、男湯からはあまり姿が見えない。でもいつものように女客の話し相手になっているらしく、「……なんだって」「へえ」と帯だけが動く。

「加減いいかな、ご隠居。物足りなかったら肘《ひじ》を使います」

「結構ですよ。はい、そのまま」

背後からのぞき込んで見るとご隠居は心持ち顔を上げ、目を閉じている。まんざらお世辞でもないらしいと満足し、今度は胸、背中と順に揉んでいく。

「お先に」

軽石の男が立ち上がり、小桶を壁際に仕舞った。皆、「どうも」と頭を軽く下げて応《こた》える。房楊枝売りの平さんも「おゆるりと」と小腰を屈めてから、脱ぎ場に上がった。

このやりとりはもうほとんど決まっていて、まず着物を脱いで流し場に入る時、それから鳥居の形をした柘榴口を潜って湯舟の前に立つ時も、先客に必ず「ごめんなさい」と挨拶をする。何も言わずに出入りすると、たちまちよそ者だとわかってしまうほどだ。

とくに柘榴口の中は昼間でもかなり暗いので、顔がよく見えない。近所の見知りかどうかすら判然としないので、湯に入る前に「ごめんなさいよ」とか「エエ、冷えもんでござい」と断らずに身を沈めようものなら、たちまち「どこのどいつだ」と誹《そし》られることになる。

「それにしても庄助の奴、欠落ちってな色っぽいことをよくもしてのけたもんだ。相手はどこの女なんだろうな」

脱ぎ場に立った職人が、櫛《くし》で生え際を整えながら平さんに話しかけた。櫛は松乃湯に備えつけの物なので、持って帰られぬように鴨居《かもい》から長い紐でぶら下げてある。

「あたしはおでん屋の女房だって、聞きましたがね」

「ああ、二丁目の。芸者《それしや》上がり」

お晴は背中を揉みながら「違うよ」と正してやった。

「おでん屋じゃなくて、煎餅《せんべい》屋のおかみさんと手に手を取って逃げたんだよ。庄助どんはもう今頃、江戸にはいないんだって」

　ゆうべ、女湯で耳にしたばかりの種だ。

「こりゃまた。お晴坊の耳にはかなわねぇや」

　いいえ、あたしは世間通《せけんつう》なんですと、胸の中で呟《つぶや》く。

　裸の三人が寄ればたちまち噂話が沸いて、湯気を立てるのだ。そのほとんどは酒に男と女、着る物に食べ物、芝居に役者、そして銭と話が決まっている。

　女湯ではそこに、子育てと亭主、舅姑《しゅうとしゅうとめ》の愚痴も加わる。男湯では自分の女房をとやかく言う者は周りから見下げられるけれど、女湯で亭主を悪《あ》しざまに言う女房は場を盛り上げ、「のろけてる」などと囃《はや》されるほどだ。

　悪口がなぜのろけになるのかがお晴には不思議で、もっかのところ、まだその謎は解けていない。うちのおっ母さんは、お父っつぁんのことを他人にぼやいたりしないのだ。もちろん褒《ほ》めもしない。

　お晴のお父っつぁん、「松乃湯の四郎兵衛さん」は筋金入りの役立たずだ。

　湯屋の倅に生まれながら裾を端折《はしょ》って脱ぎ場を掃除したこともなければ、高座に坐っている姿もお晴は見たことがない。だいたい、ほとんど家にいない。まったく、どこで何をしているものやら。いつぞや、誰かがこう言っているのを聞いたことがある。

——四郎兵衛さんは生まれてこのかた、働いたことがない。

お晴もじつは、随分と長い間、父親は働く人なのだということを知らなかった。湯屋にはそれこそたくさんの働く男たちが訪れて、こどもを二人も連れて躰を洗ってやっている父親も見てきたけれど、その姿と自分のお父っつぁんとを結びつけて考えたことがなかった。「四郎兵衛さんは極楽とんぼ、お竹さんは苦労だ」なんてのも女湯で耳にしたので、世間がそう言うんならそうなんだろう。

お父っつぁんはいつも昼前に起きてきて、のんびりと湯を使った後、隣の髪結い床《どこ》で頭を綺麗にし、それから八丁堀《はっちょうぼり》の旦那みたいに洒落《しゃれ》た黒羽織姿で出掛ける。身《み》形《なり》に構う暇《いとま》もないおっ母さんとは大違いだ。

ご隠居の躰を揉み終えて肩から湯をもう一度掛け流し、背中を三度、威勢よく叩いた。

「はい、一丁あがりです」

「ご苦労さま」

首を回しながら、ご隠居は己の肩をさする。

「柔らかくなりましたよ。おひねりを弾んでおくから、後でおっ母さんにおもらいなさい」

「これは、きょうえつしごく」

お晴はいつぞや聞いたお武家の言いようを真似《まね》て、ご隠居にぴょこりと頭を下げた。桶を手早く片づけていると、背後から呼ばれた。

「お晴、三助はもういいから、手習《てならい》に行きまっし」

高座から身を乗り出すようにして、ぽっと白い顔が手招きをしている。

おっ母さんはそれは肌が白くて、初めて訪れた女客が目を瞠《みは》り、化粧品は何を使っているのかと訊ねるほどだ。すると「米のとぎ汁を使いまっし」と答えている。

「とぎ汁の上澄みを捨てて、下に溜まった物を濾《こ》してから日に干すんですよ。それをお寝《やす》み前に塗って、あくる朝、洗い落としまっし。するとだんだん、白玉みたいな色白になります」

本当はそんな面倒なことに時間を割けるわけもなく、おっ母さんは白粉《おしろい》や化粧水も持っていないのだが、「何もしてませんと答えると小面憎《こづらにく》く思われるので、そう教えることにしている」のだそうだ。

そのあたりの機微は、お晴にはちと難しい。ただ、源じいさんいわく、ぬきんでた肌の白さは北国のおなご特有のものだ。あいにくお晴は色黒で、これは江戸生まれのお父っつぁん譲りなのだろう。

「手習は、今日はいいです」と、おっ母さんに答える。

「今日はって、昨日も行かんかったじゃないの」

お晴は手足を振って水気を払い、脱ぎ場に上がった。小走りになって高座に向かい、おっ母さんを見上げる。高座の床は厚みがあって、四角い胴縁《どうぶち》がちょうどお晴の胸のあたりだ。その上におっ母さんが坐っている。

「高座、代わります。おっ母さん、朝餉《あさげ》、とってきたら」

「お前は」

「もう食べた」

起き抜けに、ゆうべの蕎麦《そば》の汁の残りに冷や飯を入れてかき込んだ。おっ母さんは「そう」と口に指を当てつつ、それ以上は何も問わずに腰を上げた。

「じゃあ、ちょっと行ってくるわ。源さんのお昼も買わんとね」

湯屋の女房には台所に立つ暇《いとま》などなく、松乃湯ではほとんどを振り売りから買って済ませている。躰が空く時はそれぞれなので、源じいさんの朝と昼は釜場の前か湯汲みをしながらだ。おっ母さんもたいていは高座の中で口を動かし、お晴もいつも一人で食べている。

だから手習塾に行くようになって、初めて知ったのだ。

皆、朝はおっ母さんが炊いたほかほかのご飯と、しじみや春菜の入った味噌汁《おつけ》を食べてくる。しかも驚くべきことに一家揃って、一緒に箸を持っているのだ。

お父っつぁんは働く人なのだと知った時よりも、びっくりした。どうゆうことって、思った。

「お晴は何がいい。お昼と夜」

そう訊ねられた途端、腹が鳴りそうになる。さすがに今日の朝飯は足りなかったと思いながら、「ええと」と考えた。

「ふかし芋《いも》と焼き蛤《はまぐり》、それから大福」

おっ母さんはたいていお晴の好みを聞き入れ、どさりと買ってきてくれる。お晴はそれを昼と夜、翌朝と食べつなぐ。

「菜飯《なめし》の握り飯と、焼餅も」

「はいはい」と、おっ母さんは巾着《きんちゃく》を胸許に差し入れて土間に下りた。お晴は飛び上がって高座に組みつく。おっ母さんに尻を持ち上げられて、右足と左足をようよう入れた。

「じゃあ、頼んだよ」

「うん。お父っつぁん、まだ湯に入りに来ないけど寝てるのかな」

「さあ、どうかしら」

束の間《つかま》、おっ母さんが伏し目になった。きっとゆうべも帰ってこなかったのだ。

お晴は慌てて言いつくろう。

「早《はよ》う、行ってきまっし」

おっ母さんは小さくうなずいて、脱ぎ場にいるお客らに頭を下げてから表へと出た。

入れ替わりに客が立て続けに入ってきて、お晴は「らっしゃい」と声を張り上げながら銭を受け取る。間違いがないかどうか数える間もなく、皆、土間から脱ぎ場へと上がっていく。

「ここは、三助はおらんがか」

そう訊ねるところをみると、常連ではないらしい。江戸では旅籠《はたご》にも内湯がないのが当たり前なので、諸国のいろんな人がけっこう訪れる。

「あいぃ。今、お休み中です。悪しからず」

顔を伏せたまま、銭を並べて勘定する。また表の暖簾が動いて、風が入る。今日は春の名残りのようなそよ風で、湯屋日和《びより》だ。

「らっしゃい」

「客じゃありませんよ。悪しからず」

顔を上げると、てかりと日に灼《や》けた顔が目の前にあった。

「何してんです」

「お前こそ、何してんです」

「見ればわかるでしょ。高座を務めてんの」

「いたいけな娘がまあ、気の毒に」

「お父っつぁんが言うか、それを」

「またまた。好きでやってるくせに」

お父っつぁんはにやにやと、白い歯を見せた。

「いちだんと色黒ですね」

「釣り舟で遊びましたからね。昨日は大川《おおかわ》も晴れ上がって、真夏みたいだったでしょう」

「知りませんよ、そんなこと。というより、お父っつぁん、遊び過ぎ。今、うちはてんてこ舞いなんですけど」

「いつ、いかなる局面にあっても、湯屋の亭主ってのは働かねぇものと相場が決まってます」

「北国者は真面目で働き者なんだって、源じいさんが言ってました」

「あたしは江戸生まれなんでね。っていうか、お晴、その妙な話し癖、ますますひどくなってませんか。親に向かって、何てえ他人行儀な」

「おかしいのは、お父っつぁんの方です」

「馬鹿を言うんじゃありません」と言いながら身を乗り出し、女湯の方に顔を向けてから今度は男湯の脱ぎ場をも振り返る。

「お竹は」

「買物」

「あ、そう」と気のない返事をしながら安堵したように頰を緩めているので、やはり朝帰りは少しは気が差すのだろう。お晴は「今なら」と言ってみた。

「今なら、お父っつぁんの活躍の場、ありますよ。庄助どん、いなくなっちゃったから」

「庄助どんって誰」

駄目だ。極楽とんぼにつける薬はないと、お晴は銭勘定《ぜにかんじょう》に気を戻した。

「ええと、何つったかな、坊主、入っといで。こっちだ、こっち」

お父っつぁんが妙なことを言っている。見れば背後を振り返り、誰かを呼んでいるようだ。

ほどなく表の暖簾が動いて、男の子が遠慮がちに入ってきた。客だろうかと思いつつ、手には着替えの一つも持っていないので、「らっしゃい」を言わないでおくことにした。

「この坊主、うちで奉公したいんだって」

「奉公って、この子がですか」

まじまじと土間を見下ろした。お晴よりも少し年嵩《としかさ》に見え、瘦《や》せて目だけが大きい。

「うちの前を通りかかったら、天水桶《てんすいおけ》を積んである所があるでしょ。あそこからこの坊主、中をうかがってたんですよ。さては女湯のぞきかと思って、あたしは首根っこを摑《つか》まえた。ね、お晴。湯屋の亭主ってのは、外で役に立ってるものなんですよ」

「さいですか」

「また、つれない返事だね、このお子さんは」

「あたし、忙しいんです」

「いやさ、まあ、聴きなよ。あたしが問いつめたらば、この子は違いますって懸命に首を振るんだな。で、湯屋に奉公したいんですって、これまた奇特な申し出ですよ。湯屋ってのは傍《はた》で見てるより楽じゃないよ、きついよ、女の裸なんぞすぐに見飽きちまうよって、止めたんですけどね」

その「きつい」をしたことなんぞないのに、よくも、いけしゃあしゃあと。

「でも、是が非にもって言い張るんで、んじゃ、とりあえず、女将《おかみ》さんに頼んでみたらって連れてきたわけですよ。……じゃ、そうゆうことで」

お父っつぁんはくるりと踵《きびす》を返し、「行ってきまあす」と黒羽織の裾をひるがえしながら出て行った。

取り残された男の子はお晴と目が合うと、口の中で呟いた。

「新吉《しんきち》です。よろしくお願いします」

竹馬みたいに細い躰を前に折り、くきくきと不器用な辞儀をした。

筆先に墨をふくませてから半紙に下ろし、ぐいと横棒、そして縦にも引く。今日は松乃湯の「松」の字ばかりを一枚に書いているので、もう真っ黒だ。それでもお晴はかまうことなく、ぐいぐいと腕を動かす。

「お晴、もっとゆるりと腕を使いなさい」

女師匠に背後から注意された。と、さっそく「やあい、叱《しか》られた」と周りに男の子らが集まってきた。この家は男師匠と女師匠が夫婦で、男の子は男師匠、女の子は女師匠が教えているものの、同じ広間にめいめいの天神机を好きに置いているので、騒々しいこと、この上ない。

このひよっこどもときたら、ほんとこどもっぽいんだから。雛遊《ひなあそ》びや貝打《ばいう》ち、芝居ごっこにばかり夢中になって、ちゃんちゃら可笑しいですよ。

「叱られた、叱られた」

「松乃湯の三助が、叱られた」

手に算盤《そろばん》を持ってひときわ騒いでいるのが、お晴より一つ上の熊公《くまこう》だ。ずいぶんと躰が大きくて、手習塾の中でも幅を利かせている。昔はお晴よりりうんと背丈が低くて、おっ母さんと一緒《ぶう》に女湯に入っていた。

——さあさあ、お湯はどこだい。転びなさんなよ、よくよく下を見てお歩きよ。

ああ、よくわかったね。えらいえらい、熊ちゃんは。

撫でるみたいに甘やかされていたものだ。でもいつからか熊公は男湯に入るようになって、お晴と顔を合わそうものなら手拭いでさっと前を隠す。そんなもの、こっちは犬の糞《くそ》ほど珍しくもないのだが、当人にとっては何ともばつが悪いらしい。だいいち、お晴は知っている。熊公の尻はまだ赤子みたいに青いのだ。それをここで喧嘩の種に使わぬのは武士の情《なさけ》とやらだと、睨《にら》み返した。

「何だよ、その顔。三助のくせに」

何さ。そっちこそ、九九をろくすっぽ言えないくせに。尻、青いくせに。

「うるさいんで、あっちに行っててもらえますか。小童《こわっぱ》め」

するとまた騒ぎ立て、とうとう男師匠に叱られた。女の子らは面白そうにそれを眺め、お晴の様子を遠巻きにうかがっている。以前は一緒に遊んでいた子も何人かいるけれど、なにせこどもっぽいのがつまらなくて、調子を合わせるのが面倒になった。

そのうち、だれも誘ってこなくなった。

「お晴ちゃん、三助なんてしてるんだ」

「うちのおっ母さんがさ、倅ならともかく娘にそんなことさせるなんて、親の気が知れないって」

「うちのお祖母《ばあ》ちゃんも言ってた。昔、湯女《ゆな》っていう女三助が流行《はや》った頃があったんだけど、二階で男の人の相手もしてたんだって。だから御公儀《おかみ》から禁じられたらしいよ」

お晴は背中を向けて机に向かっているけれど、女の子らがひそひそと話しながらこっちを盗み見しているのがわかる。

「そういえば、松乃湯って湯屋株《ゆやかぶ》を持ってる家じゃないんだってね」

「何、それ」

「湯屋って、誰でも始められるものじゃないのよ。湯屋株を買わないと開けないいんだけど、四、五百両もするから、先代がよその株を借りて始めたんだって」

その通りだ。うちは仕手方《してかた》だから、月の揚げ銭から株主に借り賃を納めている。

でも、それの何が悪い。

「へえ。お晴ちゃんちって大した身代《しんだい》だって思ってたけど、内情は大変なのね」

「だから、三助」

違うよ。あたしはお客の背中を流すのが楽しくてやってるだけ。おっ母さんに無理強いされたわけじゃないもん。だいいち、その三助はもうお役御免になった。

お晴は筆を握り直し、前屈みになる。

四月のかかりに突然やってきた新吉を前にして、おっ母さんは戸惑っていた。お晴は高座から下りないままおっ母さんと一緒に坐り、お昼代わりの大福を食べていた。

「いきなり奉公したいって言われても、今、人を頼んでるのよ。その子が江戸に来たら二人になるでしょう。うちは二人も雇えないわ。……新吉さんって言ったっけ、在所はどこなの」

「隣町の鍋町《なべちょう》です」

「あら、神田の生まれなの」

おっ母さんが半身を反《そ》ったので、お晴は「おっと」と前のめりになった。

「はい。三代前から、江戸の水で産湯《うぶゆ》を使ってきました」

新吉は少々自慢げに、鼻の穴を膨らませた。

「じゃあ、親御さんは」

「親父は、板木《はんぎ》の彫師《ほりし》です。兄ちゃんが手伝ってるんで、おいらは自分で生計《たつき》の道を見つけないといけません。で、おいら、三馬《さんば》先生の『浮世風呂《うきよぶろ》』が大好きなもんで、湯屋に奉公したいと思って」

「ああ、滑稽本《こっけいぼん》の」

お晴も、男湯でその本の名を耳にしたことがある。随分と人気で、紙の端がちぎれてぼろぼろになるほどだと貸本屋の小僧が言うと、戯作者の先生がすかさず腐したのだ。

「大したことは書いてませんけどね。益体《やくたい》もなく、身辺を書き散らしてるだけですよ」

でも、その先生の書いたものはさっぱりと売れないらしく、近頃は何か別の商いを考えているようだとは、また別の日に男湯で聞いたことだ。

ともかく新吉の言いようは熱心、かつ道理にもかなっていて、おっ母さんは難なく説き伏せられた。なにせおっ母さんは長く考えることができない。買ってきた握り飯を食べながら手拭いをお客に貸し出し、こう言った。

「じゃあ、とりあえずやってみまっし」

「ありがとうございます」

「家が近いから、通いでいいわね。朝、早いけど」

新吉はうなずいたが、結局、源じいさんと一緒に一階で寝泊まりしている。

お晴たちが寝ている四畳半二間は二階にあって、一階の台所脇の六畳が源じいさんのすみかだ。出入りは皆、釜場のそばにある裏口を使っていて、おっ母さんやお晴はその脇にある段梯子《だんばしご》を使って二階に上がる。

松乃湯には二階への段梯子がもう一つあり、それは男湯の脱ぎ場にある。もともと二階はお武家の腰物を預かる場で、お晴がもっと幼い時分はそこで多くの男客が下帯一つでゆるりと過ごし、碁を打ったり将棋を指したりしていた。隠居した祖父ちゃんがそこで茶や菓子を売り、貸本屋や幇間《たいこ》らも訪れてそれは賑《にぎ》やかだったことを微《かす》かに憶えている。

けれど祖父ちゃんが亡くなってから二階の人手が間に合わなくなり、今は閉めたままだ。お父っつぁんが二階番をやれば済む話なんだけどと思いつつ、お晴はそこで筆を仕舞った。時の鐘が昼九ツを打ったからだ。

師匠の「お昼にしましょう」を待つまでもなく、さっそく女の子らが弁当を広げる。

「おとみちゃんのお弁当、今日もおいしそう」

「里芋の煮つけに玉子焼きって、豪勢ねえ」

「お芋は嫌いだって、おっ母さんに言っといたのに。ひどいわ」

「じゃあ、たたき牛蒡《ごぼう》と替えっこして」

そこに男の子らも集まって、お菜《かず》自慢が始まった。熊公も「へへん」と中を見せている。

「今日は目刺《めざし》つきだぜ。おっ母ぁがつけた沢庵《たくあん》もたんとあるから、欲しい奴は言いな」

もちろんいったん家に食べに帰る子もいて、熊公も前はそうだったのだが、いつのまにやらお弁当組に加わったらしい。

近頃、お弁当を持って手習塾に来るのが流行っているのだ。お晴も以前、自分で詰めてみたことがある。おでんの残りと焼芋を入れたら、芋の皮が濡れてぐちゃぐちゃになっていた。

「お晴ちゃんのお弁当、まっ茶色」

彩りを頓着されるとは、予想外だった。

「でもおいしいよ。うちのおでん」

「それ、串がついてる。買ったものなんでしょう」

「違うよ。おっ母さんが作ったおでんだもん」

嘘をついた。でもきっと、見抜かれていたのだろう。誰も「お菜を替えよう」と言ってこなかった。

松の字尽くしの半紙を天神机の上にそのままにして、お晴は席を立った。午後の手習は九ツ半から始まるので、半刻《はんとき》しかない。たっと外に出て、通りを歩く。初鰹売《はつがつおう》りが凄い勢いでかたわらを走り抜け、その後ろを冷や水売りや青物売りが行き交う。

今日のお昼は何にしようかな。

家に帰ってもおっ母さんと一緒に食べられるわけではないので、お晴はいつも適当に町をぶらついて買い食いしている。銭には困ったことがないのだ。高座の銭函から掌一杯に摑んで出ても、おっ母さんはとやかく言わない。たぶん、気がついてさえいない。

「お晴ちゃん、今日は何にする」

見知りの天麩羅《てんぷら》屋が声を掛けてきた。胡麻《ごま》油のいい匂いがする。

「隠元豆《いんげんまめ》と椎茸《しいたけ》、それから貝柱」

「あいよ」

それから煮売り屋に寄って握り飯をふたつ買い、また歩く。お寺の門を潜り、境《けい》内《だい》を抜けて庭に出た。ここはお気に入りの場で、小さな池のほとりに腰を下ろす。懐《ふところ》に突っ込んだ竹筒を出し、まず咽喉を湿してから握り飯、そして隠元豆の天麩羅をさくりとやる。

池の周囲は菖蒲《しょうぶ》の花畠になっていて、剣先みたいな蕾《つぼみ》が無数に並んでいる。葉っぱを揺らして水鳥が飛び立つのを眺めながら、口を動かした。

あと何日かしたら、菖蒲湯だ。

江戸の湯屋は端午の節句の翌日、六日に菖蒲湯を立てる。お客は湯銭の他にいくらかの祝儀をおひねりにしてくれるので、高座では三方《さんぼう》を置いておく。湯舟に浮かべる菖蒲の葉は毎年、堀切《ほりきり》のお百姓が届けてくれる。その根元の泥を井戸端で落とし、綺麗にするのも大仕事なのだが、今年は新吉が引き受けるそうだ。

「新ちゃんが来てくれて、ほんに助かるわ」

おっ母さんは二言目にはそう言い、源じいさんも舌を巻いていた。

「こうも呑《の》み込みが早いとは、いや、恐れ入りました。薪割りも水汲みも、骨惜しみをせずに真面目《まじめ》にしやすしね」

そしてご隠居や先生も、今じゃ「新ちゃん」と三助を頼んでくる。新ちゃんに揉んでもらったら、お灸《きゅう》も鍼《はり》も要らなくなるのだそうだ。

「新ちゃんは百人力だ。松乃湯も安泰だね」

そんなこと、あたいは言ってもらったことがない。しかも、そんな時だけはお父っつぁんが話の輪に入っていて、「どうだ」と手柄顔をするのだ。

「あたしの人を見る目も、まんざら捨てたもんじゃないでしょう」

教えたのはあたいと源じいさんだと、お晴は口を尖《とが》らせる。水汲みと湯汲み、薪の割り方から積み方までは源じいさん、お晴は三助と高座の坐り方を教えた。

「お客の背中を流すだけじゃなくて、垢すりから揉み、それから人あしらいまでが腕のうち。前にいた庄助どんなんて、十年も修業したんだから」

「十年ですか」

「それからさ、あまり見かけない顔で、粗末な身形《みなり》のお客は何げなく気に留めておくこと。板ノ間稼ぎかもしんないから」

「板ノ間稼ぎって、あの、他人の着物を着て帰る」

「うん。金目の着物をさっと着込んで、何喰わぬ顔をして出ていくんだ。うちのおっ母さんはおっとりして見えるけど、あれでじつは方々に目を走らせてんだよ。見慣れない顔で、洗い場に長居をしない、すぐに湯から上がる、そういう客はまず怪しいね」

「男ですか、女ですか」

「どっちもいるよ。草履《ぞうり》や塗り下駄、いい傘もやられやすい。わざとじゃなくて、ただ間違ったってこともあるからややっこしいんだけど。そこはそれ、常連さんの顔をまず憶えるしかないね。それから難しいのが、生酔《なまよ》いや病《やまい》が癒《い》えてなさそうなお客さん。うまく言ってお引き取り願わないと、うちで倒れられたりしたらひと騒動。悪い風邪を湯屋でうつされたとなったら、町方《まちかた》からお叱りを受けることもあるから」

「それは剣呑《けんのん》ですね」

わかったふうな口をきいてるけどそう簡単じゃないよと思いながら、お晴は講釈を続けた。

「高座じゃ、風にも気をつけないと」

「それはさっき、うかがいました」

「ごほんの風邪じゃなくて、びゅうの風。湯屋は何より、火事が怖いんだ」

釜場のそばには薪を山と積んであるので、風の烈《はげ》しい日は「今日休」と書いた札を店先に吊るして火を落とさねばならない。

「なるほど。でも風が吹くたび休んでいたら、せっかく沸かした湯が丸損になりませんか」

「そこなんだよ、難しいのは」

そもそも、江戸は海に面しているから風が強く、土埃《つちぼこり》がしじゅう舞っている土地だ。だから皆、毎日のように湯を使うのだと、戯作者の先生が言っていた。

「そのうち風が治まりそうだからこのまま開けておこうとか、いや、今日は休んだ方がよさそうだとかは、高座に坐りながら暖簾の向こうの様子をうかがいつつ判じるわけ」

「火事の用心をしつつ、でも損をしないように」

「そうゆうこと。でもあまりいっぺんに教えても、そうやすやすとは呑み込めないだろうから、今日はこのくらいにしておこう。習うより慣れろだから」

「はい、頑張ります」

そして新吉はあれよあれよという間に習い、慣れた。

お父っつぁんは照れ笑いを浮かべる新吉の肩に手を置き、「これからも精々、励《はげ》んでくださいよ」とおだてる。で、お晴にこう指図《さしず》する。

「手習、ちゃんと行ってるかい。読み書きができないと、人生、つまんねえですよ」

こどもを大店《おおだな》に奉公させようと考える親はだいたい十一歳くらいまで手習塾に通わせるが、もっと早く来なくなる子もいるし、女の子でも十三、四まで通う子もいる。どうやらこどもの先行きに合わせて学びの年数が違うらしいのに、お晴の両親はともかく「行きまっし」の一本槍だ。

おっ母さんはいつものように、「ほんに」と口を揃えた。

「手習に通いたくても、それができない子だってたくさんいるんだから、行きまっし」

お晴は右手に貝柱の天麩羅、左手に握り飯を持って、かわりばんこに齧《かじ》る。

ついこの間までおっ母さんもあたいの働きを当てにしてたくせに、もうお払い箱だ。

おっ母さんは昨日、久しぶりに髪結《かみゆ》いに行き、違う女の人みたいな顔をして帰ってきた。綺麗だと思って駈け寄ると、おっ母さんはまず新吉を呼んだ。

「ありがと。助かったわ」

お晴は両手の指をねぶってから、立ち上がる。池の水面は五月空を映して、のんびりしている。竹皮包みを懐にねじ込んで、境内を引き返した。でも塾に戻る気にはなれなくて、足が違う方角に向かってしまう。

そのまま町をぶらついて、いろんな店先をのぞいたり、道端で丸くなって寝ている犬を撫でたりした。犬はお晴の指先をくんくんと嗅《か》ぎ、舌でお晴の口の周りをぺろと舐《な》めてきた。少し臭《くさ》かった。猫も触りたかったが、ふうと恐ろしい形相《ぎょうそう》で吹かれた。尾っぽがひどく膨らんで、先が三つに分かれている猫じゃないかと疑ったが、怖くてたしかめられない。とっとと逃げた。

そろそろ八ツ時だ。手習塾も仕舞いなので家に帰ってもいい時分だろうと見計らい、松田町を目指して歩いた。出番がないので退屈なのはわかっているけれど、おっ母さんと一緒に高座に坐ればいいかと考えを巡らせる。おはじきか、将棋崩しで遊ぶ。

将棋の駒の手触りを思い浮かべて、待てよと、お晴は足を止めた。

こんなにいいこと、何でこれまで思いつかなかったんだろう。男湯の二階だ。あすこを開けて、あたしが二階番をすればいい。

久しぶりに気持ちが晴れて、駈け出していた。


「ただいまっ」

暖簾を潜ると、高座に坐っているのは新吉だった。

「お晴ちゃん、どこ行ってたんです」

「どこって、手習に決まってんでしょ」

口早に答えた。

「女師匠がいらしてますよ」

新吉が切り口上になったので、「あいた」と言葉に詰まった。まずい。厄介なことになっていそうだと、目をそらす。

「今、奥の二階で女将さんがお話ししてます。お晴ちゃんが帰ったらすぐに上がるようにって言ってましたよ。もし夕暮れまでに帰らなかったら、町内に頼んで皆で探さなきゃなんないって、蒼《あお》い顔して」

新吉は分別顔で、じろりとお晴を見下ろした。肩をすくめて裏口に回る。すると急にお小水《しょうすい》がしたくなって、厠《かわや》に駈け込んだ。しゃがみながら、頭の中は言い訳の算段で一杯だ。

今日は遠くまでお昼を買いに出て、迷ってしまったことにしよう。でも昨日はどうする。犬に追っかけられた、池に落ちた、銭を落として探し回っていた。

お晴は「うぅん」とうなる。この十日というもの、たびたび塾に戻らずに町で過ごしていたのだ。幾通りもの嘘を考えるのは、なかなか面倒だ。

厠を出ると、裏口から出てきた女師匠と鉢合わせになった。

「お晴、大変っ」

「お師匠《し》さん、あたい、お寺の境内でお昼を食べてたらつい寝ちまったんです。いい陽気だったもんで」

お父っつぁんの物言いに似てると思いながら、するすると言い訳を披露した。

「おっ母さんが倒れなすったのよ」

何言ってんの、お師匠さん。

「私がお暇《いとま》を告げて廊下に出た途端、妙な音がしたのよ。振り向いたら倒れていて」

よくわからぬまま、段梯子を駈け上がった。


「らっしゃい」

高座に坐るお晴を見るなり、皆、「大丈夫かい」と親身に顔を寄せてくる。

「お竹さん、大変だったねえ」

お晴は「うん」とうなずき、湯銭を受け取った。

「もうすっかりいいんだけどね。あともう二、三日養生《ようじょう》するようにって、お医者も言ってるから」

「疲れは万病の元だからねえ。長年、寝も足りてなかっただろうし」

見舞いがてらお菜や水菓子を持って来てくれるお客もいるので、お晴は頃合いを見て拍子木《ひょうしぎ》を打つ。すると新吉がまもなく現れて、高座を代わる。お晴はおっ母さんが寝ている二階に食べ物を運び、枕元に坐って給仕をする。

今日はご隠居の家の若嫁さんが土鍋で炊いた茶粥《ちゃがゆ》を持ってきてくれたので、冷めないうちに新吉を呼んで二階に上がった。

　おっ母さんは奥の四畳半で寝ている。といっても目を覚ましていたらしく、横になったまま本を読んでいた。お晴が入るとそれを脇に置き、半身を起こした。

「お腹《なか》、空いただろ。ご隠居んちのお嫁さんがお粥をくれたよ」

「まあ、おみよさんが」

　壁際に置いたままになっているおっ母さんの箱膳を蒲団の横まで引き寄せた。茶碗に粥をよそい、「はい」と差し出す。

「いただきます」

　おっ母さんは寝衣《ねぎ》の襟《えり》をつくろってから手を合わせ、粥を啜《すす》った。

「おいしい」

「よかったね」

「申し訳ないわねえ。皆さんにお世話になって」

「おっ母さんがふだん、よくしてくれてるからって、皆、言ってるよ」

「私は頑丈なだけが取り柄だったのに、丸二日も寝込んじゃって。こんなの初めて」

「少しゆっくりしたがいいよ。松乃湯はあたいたちでちゃんと、やってるから」

　するとおっ母さんは手を止め、お晴にじっと目を据えた。

「手習に、行けないね」

やはりその話になるかと、身を硬くした。おっ母さんが倒れたのに取り紛《まぎ》れて、お目玉を喰《く》らわずに済んだのだ。このままやり過ごせそうだと安心していた矢先の不意討ちだ。

「あたいもお粥、食べようかな」

話をそらしてみたが、おっ母さんは厳しい声を出した。

「ちゃんと坐りなさい」

お晴は「あい」とかしこまって、膝を畳んだ。

「お師匠さんはね、お前が昼から塾に戻らないのを、てっきり、家の手伝いがあるからだと思い込んでなさってたみたいよ。うちの事情もご存じだし、半日だけ学ぶって子もいるしね。で、あの日はたまさか用があっていつもより早く塾を出て、その帰りにうちの前を通りかかったから、ふと思いついて立ち寄ってみたんだって。でも私はお前がそんなことしてるなんて知らないから、いつも昼八ッを過ぎてから帰ってきますけどって答えたわよ。もう、お師匠さん、びっくりしなさって、私もわけがわかんなくてね。どこで時を潰してたんだろうって思いながら、でも今日もまだ帰ってこないし、ひょっとしてお前の身に何かあったかもしれないなんて心配になるし」

　このあと、どかんと雷が落ちそうだと、お晴はますます顔を伏せて身構えた。ところがおっ母さんはそこで息を切らした。顔を上げると、目が合った。

「お晴。そんなにあの塾が厭なら、よそに移ったっていいのよ」

　優しい目をしておっ母さんが言ったので、いろんな嘘や言い訳が吹っ飛んだ。

「厭じゃないです。楽しくないだけで」

「どうして楽しくないの。お師匠さん、言ってなすったわよ。読み書きの覚えも早いし、九九だってもう全部言えるって。お針は苦手みたいだけど、それはきっとおっ母さんが家でしないからよね。私、お前の繕《つくろ》い物だってろくにしてやってないから」

「そんなの、いい。これ以上、無理してほしくないです」

「じゃあ、塾が何で楽しくないの」

　そこでおっ母さんはお晴の顔を探るような目をして、声を落とした。

「誰か、いじめるの」

　お晴は「ううん」と、頭《かぶり》を横に振る。

「あたいがいじめることはあったって、いじめられることなんてありません。そういう柄じゃないです、あたいは。……でも」

　頰が膨れ、唇がにゅんと尖る。

「あたいは松乃湯で働いてる方が楽しい。おっ母さんと一緒に」

するとおっ母さんは「困ったねえ」と、溜息をついた。

「そのうち、厭でも働かないといけないのよ。今だけよ、手習をしなさい、遊びなさいって言ってもらえるのは」

「じゃあ、お父っつぁんはどうなんです」

おっ母さんが倒れた日、お父っつぁんは夜遅くに帰ってきて、それはもうみっともないほど取り乱した。

「お竹、死ぬんじゃない。目を覚ましてください」

重篤な病じゃないと知ると「何だ」と笑ってごまかして、さすがに昨日はずっと二階にいたが、今日はもう朝から出掛けてしまった。新ちゃんの方が何倍も役に立つ。

「お父っつぁんはね、こどもの頃、ずっとこの松乃湯を手伝って、ろくろく遊べなかったのよ。薪割りと水汲みで日が暮れて。だから今、何かを取り戻してるんでしょう」

驚いた。生まれてこのかた、働いたことがあったらしい。

「でも私はね、郷里でいっぱい遊んだのよ。野山を駈けて川で泳いで、木登りもたくさんした。すごいお転婆《てんば》でね、私。毎日、夕暮れ前まで遊んでたから、手足も灼けて真っ黒だった」

意外だ。

「それに。これからの女の子は読み書きも大事だって言うお父ちゃんだったから、けっこう本も読ませてもらった。だからこの中にいっぱい、いろんなものが詰まってる」

おっ母さんは右手を胸の上に当て、頰笑《ほほえ》んだ。

「うち、潰れたりしないよね、おっ母さん」

おっ母さんが「え」と、小首を傾《かし》げた。

「お晴、そんなことを心配してたの」

黙っていた。けれどおっ母さんは「そうなの」と、目を見開いている。

「あたい、好きなんです。松乃湯が」

「ごはん、一緒に食べられないのに」

「いいんです」

「お弁当も、作ってあげられない」

今度はおっ母さんがうつむいていた。はっとした。

「もしかしたら、何か、お師匠さんが言ってたかもしれないけど。違うよ、何もないんだから。お弁当なんて、あたい、どうだっていいんだから」

言い張ると、おっ母さんの顔に少しだけ笑みが戻った。障子をすかした窓から、五月の風が入ってくる。薪の匂いや湯の匂いに、若葉のそれが混じっている。

茶粥を食べ終えた後、おっ母さんはまた横になり、すぐに寝息を立て始めた。お晴はそっと段梯子を下り、走って高座に戻った。


次の日、端午の節句を迎えた。

明日の菖蒲湯に使う葉っぱが荷車に積まれて運び込まれてきたので、それを洗うのは新吉にまかせ、お晴は高座に坐っている。

客は手拭いで頰かむりをしていて、湯銭を払いながら裾前を払う。

「今日はえらい風だね。幟《のぼり》も吹き流しも、大暴れさね」

表の暖簾の動きようで、お晴もそれはわかっていた。

「助かるよ、湯を使えて。頭から爪先まで、埃まみれだ」

「ゆっくり、お流しになってください」

「お晴坊、りっぱな女将さんだな。おっ母さんも安心だ」

おっ母さんは今日いっぱい養生することにして、明日には高座に戻ると言っていた。また暖簾をくぐる人影があって、お晴は声を張り上げた。

「らっしゃ……何だ、新ちゃんか」

「葉っぱの洗いを済ませたんで、三助に入ります」

と言いつつ、新吉は上に上がろうとしない。後ろを振り返り、また顔を戻してお晴を見上げた。

「お晴ちゃん、風、かなり強いけど」

「わかってます。それが何か」

「店休んで、火ぃ落とした方がよくないかな」

「このくらいの風で閉めてたら、うちは大損です」

内心では迷っていたのに、新吉に勧められるとどうでも休んではいけないような気がした。

こんな日は年寄やおなごは外に出ないので、朝湯がまばらだったのだ。昼を過ぎた今も男湯に三人きり、女湯には誰もいない。でもそのうち仕事を終えた連中がやってきて、ほっとした顔をするに決まっている。さっきのお客だって、「助かるよ」と喜んでくれた。

「火を落としちゃったら、今日はもうふいになるんだよ。大した風も吹いていないのに松乃湯は気後れして休んだなんて言われたら、格好がつきません」

「源じいさんも、ここは迷い所だが思い切った方がって」

「休む休まないは、高座が決めること。口出ししないでもらいましょう」

きつい声になった。新吉がどれほど役に立っているか、それはよく承知しているけれど、源じいさんの言葉を持ち出すところが気に障《さわ》った。

新吉はようやく頭を縦に振り、中に上がった。お晴は鼻からぶんと息を吐き、高座に坐り直す。

「新ちゃん、頼むよ。今日はもうしてもらえねぇのかと、あきらめかけてたところだ」

さっそく声が掛かり、背中を流す湯音が響いている。これでいいんだよねと思いながら、お晴は暖簾越しに表を睨んだ。

ところがお客はいっこうに訪れず、行き交う人の足も見えない。暖簾が厭な音を立て、風が舞い上げる土埃の勢いも増してきた。

胸騒ぎがして、拍子木を高く打ち鳴らした。

「新ちゃん、高座、お願い」

叫ぶように言い置いて、お晴は外に出た。家の角から裏口へと走る。と、薪の置場に曲がった背中が見えた。

「源じいさん」

走り寄ると、じいさんは振り向きもせずに叫んだ。

「お晴ちゃん、新吉を呼んできねえ」

見れば積み上げた薪の下方で、赤い物が爆《は》ぜていた。じいさんの足許《あしもと》にはいくつもの桶が転がっている。じいさんは手にしている桶を両手で大きく振り、ざばと薪にかけた。煙と共に火の粉が舞い上がる。

「気になってここに来てみたら、もう火の粉が移ってやがった。ここの備え水だけじゃ追いつかねえ。お晴ちゃん、早く新吉を呼んできねえ。水だ」

お晴は棒立ちになっていた。躰の栓が抜けたみたいで、一寸も動けない。

「さっさと行きなせえ」

顎《あご》と膝を震わせながら、身を返した。頭の中が火の色に染まって、薪の山が焔《ほのお》を噴く光景が目に浮かんだ。そのうち半鐘《はんしょう》が鳴る。そしたらうちはおしまいだ。湯屋が火を出したら、もう稼業を続けさせてもらえない。

どうしよう。ああ、どうしよう。

脇道を出た途端、角で新吉と鉢合わせになった。

「新ちゃん、火、火が」

「わかった」

新吉は表に引き返し、暖簾脇に積んだ天水桶を両手に抱えて走る。お晴もひとつを両手でやっとこさ持ち、後に続いた。

「新吉、上からぶっかけたら風を起こしちまう。根元だ、火の根元を狙ってかけろ」

腰を曲げたまま、じいさんは指図をする。お晴は桶をひきずるようにして、二人の後ろに立った。と、新吉が気づいてお晴の肩先を押した。

「危ない。火のそばから離れて」

痩せっぽちのくせにお晴が運んできた桶を難なく持ち上げ、両腕を後ろに強く引いてから水を放っている。お晴はただ、見ているだけだ。咄嗟《とっさ》に思いついて、お晴は着物を脱いだ。火をはたこうとまた近づいた瞬間、後ろから腕を摑まれた。

「何してるの、早く離れなさいっ」

おっ母さんだった。二階で騒ぎに気づいたのだろう、寝衣のまま裸足《はだし》で立ち、お晴の肩ごと抱き上げるようにして裏の戸口まで引っ張った。

新吉はまた水を取りに走り、源じいさんは火がまだ移っていない薪を摑んでは背後に投げている。

「あれ、何してるの」

唇を震わせながら、おっ母さんに訊ねた。

「ああして薪の山を少しでも小さくするの。燃える物がある分、火が大きくなるから」

風に煽《あお》られてか、薪の燃える臭いと火の粉がこっちにも飛んでくる。怖くてたまらなくなって、お晴はおっ母さんの腰にしがみついた。

新吉がまた桶を持って戻ってきて、その後ろにも何人かがいる。皆、素裸のまま桶を手にしていた。躰には何も身につけていないけれど、頭に向こう鉢巻をしているお客もいる。

首を伸ばすと、表にも馴染みのお客の顔が見えた。軽石の好きな職人に房楊枝売りの平さんは前を通りかかっただけなのか、裸じゃない。それに十徳《じっとく》姿のご隠居もちらと見えた。嗄《しゃが》れ声で何かを命じている。

「誰か、柘榴口の中に入ってください。湯舟のお湯を小桶で汲んで、いや、留桶の方が大きい。誰のだってかまやしません。ともかく洗い場から脱ぎ場、土間にも立って、桶を順繰りに手渡していくんです。銘々に走ったら混乱するだけですからね。そう、それでいい。そっとですよ。静かに、騒ぐんじゃありません」

お晴はご隠居の声に耳を澄ませる。

「いいですか、これはあたしらの手で、小火《ぼや》で済ませます。火消《ひけし》のお人らは延焼を恐れて、すぐに家を毀《こわ》してしまいますからね。半鐘を鳴らさせちゃあなりません。松乃湯を毀させちゃあ、なりません」

身を屈めて柘榴口の中に入り、そろりと身を沈めた。

江戸者は熱い湯を好むので、これから源じいさんはまだまだ薪をくべて焚《た》くはずだが、お晴にはちょうどいい加減だ。

湯の中には菖蒲と蓬《よもぎ》の葉を藁《わら》で束ねたものをいくつも入れてあり、清々《すがすが》しい匂いがゆらゆらと立ち昇る。

今朝、まだ客が入る前の一番風呂に、お晴はおっ母さんと一緒に入っている。

「今日、ちゃんと菖蒲湯ができてよかった」

湯気も立ち始めたばかりなので、おっ母さんが「そうね」とうなずくのがわかった。

ゆうべ、お晴は妙な時間に目を覚ました。あたりはまだ薄暗くて、一瞬、自分がどこで何をしているのかわからなかった。そのまままた寝入ってしまいそうになった時、お父っつぁんの声がした。

「大事《おおごと》にならずに済んで、何よりだった。釜場の前は水で泥沼みてぇになってたけどな。源さんに聞いたんだが、お客らが手伝ってくれたってか」

「ええ。ほんに有難かったです」

お父っつぁんは何もかも片づいた後に、のほほんと帰ってきたというわけだ。

「それにしてもお晴の奴、仰天してたろう」

「当たり前です。こどもの目からすれば、私たちよりも遥かに大きな火に見えたはずですよ。可哀想《かわいそう》に、自分の着物を脱いでそれで消そうとしたんですから」

「馬鹿だな、こいつ。火に餌《えさ》を喰わしてやるようなもんじゃねえか」

お晴は狸《たぬき》寝入りをしながら、妙なことに気がついた。お父っつぁんはおっ母さんには妙な言葉遣いをせず、ごく尋常なのだ。よくよく考えたら、こんなふうに二人が話をしているのを間近で聴くこと自体が珍しい。

「お前さん」

「ん」

「お願いがあります」

「何だよ、改まって」

「そろそろ、働いてもらえませんか」

「今さら、何を言う。そのうち加賀から奉公人も来るだろうし、新吉もいりゃあ、俺の出る幕なんぞねえだろう」

「新ちゃんね、六月になったら辞めるのよ」

「何で」

「最初からそういう約束だったの。あの子、戯作者を目指しててね。で、式亭《しきてい》先生の『浮世風呂』を読んであんまり面白かったもんで、その秘密を探りたいって考えたらしいのよ。私もこの何日かで読んでみたけど、ああ、こんなお客、いるいるって噴き出しちゃって」

「ふうん。……で、新吉はその秘密とやらを探れたのか」

「よくわかんないけど、自分たちが主人公だって思えるのがいいらしいわ。勇ましい仇討《あだう》ちや命懸けの色恋でもなくて、これは俺たちだ、あたしたちだって思えるのがいいんですって」

「そうかなあ。俺も読んだが、身近過ぎねぇか。話の山もねえし、だからどうって話だよ」

「私はほっとしましたよ。毎日、それこそ山あり谷ありの暮らしだから、読物くらい安心して読めるのがいいわ」

「山あり谷ありに疲れたか」

珍しく、お父っつぁんの声が真面目になった。

「倒れたんですよ、疲れてるに決まってるじゃありませんか。寝惚《ねぼ》けてるんですか」

「あ。うん」

ますます、分《ぶ》が悪い。

「でもね。私、湯屋稼業が大の好きだから、これまで夢中になってやってきたんです。お前さんを遊ばせるのも女房の甲斐性だって、ちょっと意気に感じたりして。でも、お前さんももうそろそろ手伝ってください」

「あれだろ。二階も閉めたままだし、湯屋株もなかなか手に入れられねぇって言いたいんだろう。まあ、いずれ、そのうち何とかするさ」

あくび混じりに適当なことを言っている。

「違うのよ。そんなこと、どうだっていいんです」

「じゃあ、何だよ」

「お晴にお弁当を作ってやりたい」

お晴は息を詰めた。慌ててぎゅうと、目を閉じる。

「だからお前さん、働きまっし」

目と鼻からも何かが流れて、頬や顎を伝う。

「いや、そいつぁ、稀有《けう》なお申し出で」

ふははと、お父っつぁんは妙な笑い方をした。

「先に上がるわよ」

おっ母さんが湯舟の中で立ち上がった。

「ちっとばかし用があるから」

お晴は知らぬふりをして、「アイサ」と湯舟の外に出た。

「今日も松乃湯、始めましょう」

お父っつぁんは今朝、珍しく早起きをして、寝惚けまなこで脱ぎ場をうろついていた。新吉に「旦那、そこ、邪魔です」と迷惑がられていたので、「働くお父っつぁん」はたぶん三日も保《も》たないだろうとお晴は睨んでいる。

柘榴口の外はもう明るくて、天窓の向こうはよく晴れている。


（講談社文庫『福袋』に収録）

月に叢雲《むらくも》、花に風

梶よう子

梶よう子（かじ・ようこ）

東京生まれ。２００５年「い草の花」で九州さが大衆文学賞を受賞。08年に『一朝の夢』で松本清張賞を受賞し、単行本デビューする。以後、時代小説の旗手として多くの読者の支持を得る。15年刊行の『ヨイ豊』で直木賞候補となり注目を集める。他に『葵の月』『北斎まんだら』『三年長屋』『漣のゆくえとむらい屋颯太』などがある。

一

お瑛《えい》は両腕を差し上げて伸びをした。

今日もいい天気だ。お天道《てんと》さまの光を浴びると、身も心も温かく癒《いや》される。屋根の上のすずめたちの賑《にぎ》やかさも心地よい。

大戸を開け、揚《あ》げ縁《えん》を下げる。紺色の布地をそこへ広げ、お瑛は細々とした品物を並べ始めた。

「お瑛さん、おはようございます」

裏店《うらだな》で手習い塾を開いている菅谷《すがや》父子《おやこ》が路地から出てきた。ふたりとも竿《さお》を手にしている。

「あら釣りですか。たくさんのおすそ分けをお待ちしてます」

お瑛が冗談めかしていうと、

「ご期待にそえるよう頑張ります」

息子の直之《なおゆき》が真面目《まじめ》に応《こた》えた。

そのすぐ後に、やはり裏店に住む若い女房やその亭主、棒手振《ぼてふ》りの八百屋や人形屋の若旦那《わかだんな》などが、次々お瑛と挨拶《あいさつ》を交わしていく。

いつもの朝のおつとめだ。

板切れいっぱいに黒々とした字で『みとや』と書かれた看板を見上げたお瑛は思い切り息を吸い込み、

「なんでもかでも三十八文。あぶりこかな網三十八文。枕《まくら》、かんざし三十八文。はしからはしまで三十八文」

節をつけ、声を張り上げた。

すべてが三十八文均一の店だから、『みとや』だ。利は少ないけれど、兄の長太郎《ちょうたろう》とふたりきり。食べていけるだけでも御の字だ。

お瑛は室町《むろまち》で小間物屋を営む『濱野屋《はまのや》』というそこそこ大きな店の娘だったが、永代橋《えいたいばし》の崩落で両親を一度に失い、番頭さえ知らなかった借金のおかげで店も家も取られてしまった。それでも、いまはこうして小さいながらも『みとや』をやっているのは、たくさんの人たちの親切に助けられたからだ。あとは、兄の長太郎が再び濱野屋ののれんを上げて、世話になった人たちへご恩返しができればなにもいうことはない。

だめだめだめと、お瑛は首を横に振る。欲張りはいけないし焦《あせ》ってもだめ。いいことが続いた後こそ、気を引き締め、ゆったり構えないといけない。うん、とお瑛はひとり力強く頷《うなず》いて、粗末な板切れの看板を再び見上げた。

「なんでもかでも三十八文。あぶりこかな網三十八文。枕、かんざし三十八文。はしからはしまで三十八……も、ん」

お瑛はちょっと苦しくなって、ひとつ咳払《せきばら》いをした。毎日毎日、こうして声を張り上げていれば当然だ。それにひきかえと、ため息を吐《つ》いたお瑛の眼に、風呂敷《ふろしき》包みを背負った長太郎が映った。思い切り手を振っている。

「おおーい、お瑛。いま帰ったよ」

満面の笑みだ。

またたわと、お瑛は手を振り返しながら、胸の内でちょっとだけぼやいた。

長太郎は一応、商いには熱心だ。『みとや』の看板だって板切れをもらってきて作ってくれたし、お足がないとお瑛が口を酸《す》っぱくしていったにもかかわらず屋号入りの半纏《はんてん》も誂《あつら》えてしまうくらい一所懸命だ。

仕入れにしても、どこから買い付けたのかあまり明かさないのが困りものだけれど……お瑛がはらはらするくらいたくさん品物を持ってくる。

駿河台《するがだい》のご隠居さまに愚痴をこぼしてみたら、「きっと形から整えるのが好きなんだろう」といわれた。

徐々に店の体裁を整えていこうというのではなく、とにかく店は店らしくしてからじゃないと気がすまないというものらしい。

「武家にもそういう者がおる。謡《うた》いの稽古《けいこ》を始める前から、人前で披露するための衣装を誂えるような」

それは、その者の持って生まれた性質《たち》なので直らないとご隠居は気の毒そうにいった。

なるほどと、お瑛は妙に納得した。

そういえば濱野屋が人手に渡って、砂埃《すなぼこり》の舞う通りに兄妹《きょうだい》ふたり投げ出されたとき、うちにおいでと手を差し延べてくれたお加津《かつ》がその手の人だ。

お加津は柳橋《やなぎばし》にある料理茶屋『柚木《ゆずき》』の女将《おかみ》で、自ら台所には立たないが、一度だけ、お瑛の月水《げっすい》が始まったお祝いに料理を作ると張り切ったことがあった。ところが、どこからか引っ張り出してきた料理本を見ながら、小さいざるがないとか、鍋《なべ》が違うとか、しまいには前垂れが料理人ぽくないといって、結局、柚木の板前が料理をこしらえた。

お瑛は隣で見ていて呆気《あっけ》にとられた。小さなざるがないなら大きなざるで間に合わせればいいのに。

融通がきかないのとは違う。

ご隠居さまのいう、形が整わないといけないというやつだ。

考えてみると、お加津と長太郎はそういうところが少し似ている。それにふたりとも人の難儀は見ぬ振りができないし、世話好きだった。

人はな、とご隠居さまはさらに付け加えた。

「大雑把で、他人を振り回してけろりとしてる者、振り回されてあたふたする者、その中庸を行く者の三つに分けられるな」

つまり、けろりが兄さんで、あたふたがあたしかぁと、お瑛はご隠居の話に、またも納得してしまったのだ。

長太郎は店座敷に風呂敷包みを降ろすと、

「今日は、質流れ物やらいろいろだぞ。私もなかなか商才があるんだな」

得意げにお瑛の顔を窺《うかが》いながら結び目を解いた。

ああ……やっぱり。使い古しの鍋にどんぶり鉢。しかも鉢は十ほどあって『丸《まる》屋《や》』と屋号まで入っている。

「これどこかの蕎麦屋《そばや》さんのじゃない」

「ああ瀬戸物屋から譲り受けた。蕎麦屋から注文を受けたが数を間違えたらしいんだな」

「それで」

「うん、十でたったの五十文でいいというのだ。どうせ売り物にならないからだそうだ」

「そりゃそうねぇ」

お瑛は、屋号入りのどんぶり鉢なんか、うちだって売り物になるかしらと首を傾《かし》げた。

「ひとつ五文だから、すべて売れれば、三百五十文の儲《もう》けになるよ」

お瑛の心配をよそに、はははと、満足そうに笑う。

「それから植木鉢が十鉢。しかも朝顔の種付きだ」

「これも瀬戸物屋?」

長太郎が、くっきりした二重目蓋《まぶた》をぱちくりさせた。

「これは植木屋だよ。それ以外はすべて質流れ品だ。結構いいものもあるんだよ。あとはおまえが仕分けて店に出してくれればいい」

これでは古道具屋だとお瑛は心のうちで呟《つぶや》いた。

「ああ、しまった」

長太郎がなにかを思い出したように、風呂敷包みの品物の中から白い布にくるまれた一尺（約三十センチメートル）ほどの細長い物を取り出し、脇《わき》に避《よ》けた。

「これは売り物じゃないから、別の処《ところ》に置いておいてほしいんだ」

「なにを買ってきたの？」

お瑛が訝《いぶか》しむと、長太郎は、うーんと考え込んだ。

「売り物ではないけれど、買いに来る人がいる——はずなんだ」

たぶんねと、長太郎が、ぱんと腿《もも》を叩《たた》いて立ち上がった。

「じゃあ、あとはよろしくな」

「え、ちょっと待って。わけがわからないわよ、兄さん」

お瑛は思わず腰を浮かせた。

「ま、ともかくそういうことだ」

「きちんと話してくれないと、あたしも困るのよ。買いに来る人がいるはずって、そんな曖昧《あいまい》なことじゃ――」

「その心配はいらないよ。今日、明日は来ないと思うから」

お瑛の言葉を最後まで聞かず、長太郎は、じゃっとばかりに手を上げた。

「せめて、今日はお店番してちょうだいよ」

お瑛が唇を尖《とが》らせる。

長太郎は顎《あご》に指をあてて、考え込むようにするとお瑛をまじまじと見つめた。

「なによ、兄さん」

「そんないい方じゃダメだ。ちょっと俯《うつむ》いて、上目に相手を見ながら甘え声でいわないと。ちょっとやってみろ」

今度は腕を組み、偉そうにいった。

お瑛の顔にかっと血が上る。

「なによなによ、馬鹿《ばか》にして。とっとと行けばいいでしょう、もう」

お瑛は頬を膨らませる。

長太郎がニッと口角を上げた。尻《しり》はしょりを解き、少し上等な草履に履き替えると、

「お瑛は怒った顔がかわいいなぁ」

笑いながら、うきうきと出ていった。

ああ、またやられたと、お瑛は肩を落とした。いつだってああなんだ。

ご隠居さまのいう通り、けろりは兄さんで、あたふたはあたしだとあらためて思った。

お瑛はぶるりと首を振る。だからこそあたしがしっかりしなけりゃ。

お店もそこそこ、ご近所さんともうまくやっている。だからこそ気を引き締めないと。

「でもこんなにたくさんどうしよう」

お瑛は、ひとつため息を吐いて、品物を分け始めた。

白い布にくるまれた物が気にかかる。

だいたい、売り物にはしないけど、買いに来る人がいるはずって、どういうことだろう。誰かと約定でもかわしたのか、変な賭《か》け事でもしているのかしらと、不安になった。

別にたしかめたっていいわよね、だってこれを買いに来る人がいる、中身がなにかわからないとあたしが困ると、お瑛は自らにいい聞かせるようにして、その細長い品物を摑《つか》んだ。

「刀……だ」

心の臓がちょっとだけ跳ねた。お瑛は白布を開いた。長さは一尺ほどで、黒塗りの鞘《さや》には蒔絵《まきえ》がほどこされている。意匠は月にかかる雲だ。

きれい……思わずお瑛は呟いた。長さや拵《こしら》えから見て、武家の息女の守り刀のようだ。

「でも、守り刀を手放すかしら」

ましてや質草にするなんてと、小首を傾げつつ鞘を手にした瞬間、ひんやりした感触にゾクリと総身が粟立《あわだ》った。

お瑛はすぐさま手を放す。

もともと刀など触わったことがないせいだろうと思ったが、なんだか薄気味悪い。

他の品だけ取り出して、お瑛は再び刀を白布に包んだ。

二

その日を合わせ三日たっても長太郎は帰らなかった。

お瑛が寝間にしているのは小屋裏だ。以前の借主はここを物置にしていたようだが、下は店と一間しかないので、昼間は居室にして夜は長太郎が使っている。

ほんの三畳ほどの板の間だし、小屋裏なので中腰でしか進めない。でも天窓があるので、お瑛はときどきそこを開けて、寝ながら星を眺める。うっかり閉め忘れ、雨粒で眼が覚めたこともある。

「だから間抜けなんだな、お瑛は」と、長太郎に二度ほど大笑いされた。

小屋裏は蒸し暑かった。屋根に注ぐ陽の熱がそのまま内にこもってしまうせいだ。冬はいいが、夏は厳しい。幾度も寝返りを打ってようやく眠りに落ちかけたとき、お瑛はふと闇《やみ》の中で眼を開けた。小さな物音がする。

またた──。

長太郎が出てから、この三日。同じ物音が夜中になると鳴り出すようになった。静まり返った暗闇の中で小刻みになにかが震えるような音だ。そのたびお瑛は身を起こし、梯子段《はしごだん》から身を乗り出して下を覗《のぞ》き込む。夜目にも闇が濃すぎてなにも見えない。

「兄さん、帰ったの」

ほんの小さな期待を胸にお瑛は呼びかける。

かたかた、かたかた──。

「兄さん」

無駄と分かっていても呼ばずにいられなかった。

かたかた、かたかた、かたかた――。

闇の底から小さな音が上ってくる。

かたん。

これまでなかった音にお瑛の心の臓がどくんと鳴った。それが自分の耳奥で大きく響いて、またぞろ驚いた。蒸し暑いのに冷えた汗がじわりと背に滲《にじ》む。

「きっとねずみよね、そうに違いないわ」

お瑛はわざと大声を出すと、急いで夜具にもぐり込み薄っぺらな布団《ふとん》を頭から引っ被《かぶ》った。

身体《からだ》を丸め、耳を塞《ふさ》ぎ、

「兄さん、なんで戻って来ないのよ」

文句を垂れた。


翌朝、お瑛は少しぼんやりした頭で店座敷に座っていた。結局、物音はあれからまもなく止《や》んだ。ほっとしたが、それよりも長太郎が戻らなかったことに腹を立てていた。

お天道さまは今朝もまぶしいくらいに輝いている。お瑛は少し気を取り直し、揚げ縁の上の品物に、はたきをかけた。

夏の生温かい風が通りの乾いた土を巻き上げる。ぼやぼやしていると、売り物があっという間に土埃まみれになってしまう。

ふと、お瑛は気になって、首を回して店座敷から続く居間のたんすを見た。今朝、起きてすぐにあの白布に包まれた守り刀を仕舞い入れたのだ。夜中の小さな物音が刀のせいじゃないとわかっていても、そうせざるを得なかった。念のためと、お瑛は自分でも笑ってしまうような理由をつけた。

ああもう、なんて臆病《おくびょう》なんだろう、これも兄さんのせいだと、お瑛がため息を吐いたとき、聞き覚えのあるしわがれ声がお瑛の頭の上から降ってきた。

「やあもうすっかり夏だの」

「ご隠居さま、いらっしゃいまし」

すぐに笑顔を向けたものの、お瑛は自分でも頰が強張《こわば》っているのを感じていた。

「どうしたな、顔色がすぐれないようだが」

「いえ、ゆうべちょっと寝そびれちゃいまして。でも大丈夫です」

そうか無理はするなよと、ご隠居は優しい笑みを浮かべて頷いた。もともと柚木の客で、品があるし、物知りだし、お瑛の相談にもきさくに応じてくれるとても頼りになるお武家だ。

ご隠居は揚げ縁からどんぶり鉢を取って、

「こりゃまた珍しい銘が入っておるの」

手にしたどんぶり鉢をまるで高価な茶器を見るように眺めた。

「おからかいにならないでください。兄が瀬戸物屋さんから買い付けてきたんです」

お瑛は小声でいって肩をすぼめた。

「長太郎も相変わらずだの……ははは。さすがにわしもこれは買えぬな」

「あたしだって、誰が買うんだろうって思っているくらいですから」

ご隠居は静かにどんぶり鉢を元に戻して、別の品物へ眼を向けた。

ああ、そうだ。ご隠居さまはお武家だから、あの刀を見てもらおうと、お瑛は立ち上がった。

「どうしたな」

ご隠居が訝しむ。

「じつはお願いが」と、断るより早くお瑛は居間に飛んで行き、刀を取って戻った。

「これを、ご覧になってくださいますか。やはり兄さんが仕入れてきた物なんです」

お瑛は、白布を開き、ささげ持つようにして差し出した。ご隠居が例の守り刀を手にした。

「ふむ、これはなかなか立派だ。月に叢雲《むらくも》。ならば花に風、か」

守り刀の鞘を眺めてから、鯉口《こいぐち》を切り、すうっと刃を引き抜いたご隠居は、はっと眼を瞠《みは》った。

「ううむ……」

いつも穏やかなご隠居が険しく眉間《みけん》に皺《しわ》を寄せ、刀身を睨《にら》んでいる。

その緊張がお瑛にも伝わってくる。やっぱりいわくつきの刀なんじゃないかと冷水を浴びせられたように身を震わせた。

このところずっと続いている物音が耳の底で甦《よみがえ》る。

「長太郎は、これをどこから仕入れたのかな」

「質屋です。流れた品だといっていました」

ご隠居は刃を鞘に戻し、軽く頷いた。

「ならば出処《でどころ》は知れる、か」

「ご隠居さま、その守り刀は……」

お瑛が声を落として、長太郎のいったことを伝えた。

「ふむ、妙な話だの。買いに来る者がいる、か」

ご隠居は厳しい眼を刀に向けた。

「よくない刀なんでしょうか。人をたくさん斬《き》ったとか——まさかですけど、あやかしが憑《つ》いているとか」

お瑛が身を乗り出して懸命にいい募ると、ご隠居は眼をしばたたいて、破顔した。

「これは守り刀だ。拵えが立派なだけに、質屋でも高値で引き取っただろうな。それが質流れになったとはいえ、そこそこの値がついているはず。長太郎はいくらで仕入れたものか。三十八文以下とはとても思われん」

「じゃあ、兄さんのいった買いに来るという人は、どんな方なんでしょう」

お瑛がさらに身を乗り出すと、ご隠居はやや間を空けてからいった。

「質に入れた本人か、あるいは質屋で、この刀をたまたま眼にして、気に入ってしまった者か。いずれにせよ、長太郎はなにを考えておるやら」

では、その格子《こうし》柄《がら》の手拭《てぬぐ》いをもらおうかと、ご隠居はいつものように目尻に皺を寄せて、三十八文を出した。

「ありがとうございました」

立ち去るご隠居の背を見送りながら、お瑛は再び守り刀を包むと、ため息を吐いた。やっぱりご隠居さまでも、わからずじまい。

でも、ご隠居が呟いたように、質屋であれば出処は知れる。つまり持ち主はわかる。

ほんとうに質流れの品かしらと、不安にもかられた。

「まったく兄さんたら……」

どうして、こんなややこしい物を仕入れてくるのだろう。しかもみんなほったらかしで、あたし任せにして。どこをほっつき歩いているんだろうと、軽く唇を曲げた。

三

八ツ半（午後三時）を回ったあたりから、湿気を含んだ風が出て、急に雲行きが怪しくなってきた。

湯屋にも行きたいし、今日は少し早目に店を閉めようかと、思っていたときだ。

「お瑛ちゃん。久しぶり」

「ああ、女将さん、どうしたんですか」

柚木の女将、お加津だ。

「たまには覗きに来ようと思うんだけど、ごめんね。はいこれお土産。お瑛ちゃんの好物」

お加津が差し出したのは、昆布となまり節の煮物だ。柚木で世話になっていた頃、よく食べさせてもらった。甘辛の濃い味付けが大好きだった。

「ありがとうございます。こちらへどうぞ」

お瑛はお加津を店座敷へと促した。

お加津は腰を下ろすと店を見回し、

「立派にやっているわねぇ」

眼を細めて、微笑《ほほえ》んだ。

「とんでもないです。女将さんにはずっとお世話になりっぱなしで」

お瑛は丁寧に頭を下げた。

「いいのよ。そんなことをいわせるつもりでいったのじゃないのだから。それより、ね」

お加津はわずかに表情を曇らせた。お瑛は黙って小首を傾げる。

「長太郎さんなんだけど、ね」

「兄さん、女将さんの処にいるんですか」

お加津は、うちじゃなくて、といい淀《よど》んだ。

柚木に出入りをしている芸者の家だという。世話になっている旦那が、その芸者の妹芸者を座敷に呼んだことで大喧嘩《おおげんか》を始めたところへ長太郎が仲裁に入ったというのだ。

「とうの立ったのと、若いのだろう。妹芸者は自信満々でねぇ、姉さんのほうが虚仮《こけ》にされちまったのさ。それでね、長太郎さんがずっと慰めてるみたいなんだよね。だから」

お加津が両手を合わせ、お瑛を拝むようにした。

「ほんに許しておくれね」

「そんな真似はよしてください。兄さんが風来坊なのは、女将さんもわかっているでしょ」

まあそうなんだけどと、お加津は歯切れの悪い返事をした。

「だって、お瑛ちゃん、ひとりじゃ心細いでしょう」

お瑛は、首を横に振り、

「居処がわかっているだけましだもの」

お加津に笑いかけた。

大工が怪我《けが》をしたから帰れなかった、読売屋の種取りと酒を呑《の》んでウマがあったからそいつの塒《ねぐら》に泊まった、などなど、どこにどれだけ知り合いがいるのか呆《あき》れ返るが、そんな話を幾度となくお瑛は聞かされてきた。でも、すべて長太郎の口から出たことなので、まことのところは怪しいものだ。

「帰る家があるのがわかってて、とにかく戻ってくれれば」

お瑛はお加津に真《ま》っ直《す》ぐ顔を向けた。

お加津が、はっとして眼を潤《うる》ませる。お瑛の両親は、五年前に起きた永代橋の崩落事故で死んだ。死傷者、行方知れずを含め、千四百名を越えた大災事だった。出掛けていったきりになってしまったのだ。

「だから、兄さんは行って来ますとは決していわないの。万が一なにかあったらおかえりって言葉をあたしがいえないままになるから。そう考えているみたいです」

「へえ、あの長太郎さんがねぇ……」

お加津がしみじみいった。

お加津の手前、ちょっとだけ兄を持ち上げてはみたが、お瑛の心の中は違う。どうせ心配かけるんだもの同じじゃない。しょっちゅう出掛けなければそれでいいのにと、半分、思っていた。

「女将さん、それだけ伝えにわざわざ来てくださったの」

「うん、それもあるけど……お瑛ちゃんの耳に入れておいたほうがいいと思ってね。益次《ますじ》さん、こっちに顔を出していないかい」

「ここを開いたとき以来、在所に帰るといってそれきりお会いしていませんけど」

益次は、両親が営んでいた濱野屋の手代だった男だ。店を辞めたあと、在所に戻り成功していまは栄屋勝左衛門《さかえやかつざえもん》と名乗っている。お瑛兄妹の難儀を知って、この空き店を手に入れてくれた恩人のひとりだ。

「江戸店を出すという話は知っている？」

「ええ、聞いてます。でも出物がないからいったん引き上げると」

お加津は、ふっと小さく息を吐く。

「うちのお客さんが教えてくれたんだけど、益次さんが濱野屋を買い上げる算段をしているというのよ」

えっと、お瑛は眼を見開いた。

室町にあった濱野屋はとっくに買い手がつき、新たな店になっているはずだった。

そこを益次が買い上げようとしているのはどういうことだろう。お加津はちょっと襟元を直して、軽く微笑んだ。

「いいふうに考えれば、そこをいったん自分の店にしてゆくゆくはお瑛ちゃんたちに譲る気じゃないかしらって思ったんだけど」

「そこまでしていただく理由はありません」

「でも、益次さんは、お瑛ちゃんのお祖父《じい》さんとお父《と》っつぁんに商いを仕込んでもらった恩義を感じているはずよ」

店をやめるときも益次はかなりの餞別《せんべつ》を贈られたはずだと、お加津はいった。

それを元手に店を開いたと聞いていた。

「きっとお瑛ちゃんたちを驚かそうとしてるんじゃないかしらねえ。そういう子どもっぽいところがある人みたいだから」

お瑛はつと考え込んだ。

そういえば、お瑛が幼い頃、一緒に物陰に隠れて番頭や飯炊《めした》きの娘を驚かせたことがしょっちゅうあった。手先が器用な益次は店で手妻（手品）を見せ、若い娘たちの気を引き、物を買わせるのが得意だった。

たしかに益次にはそんなところがある。もっとも三十を越したいまもそうなのかはわからないけれど、持って生まれた性質は直らないという駿河台のご隠居の言葉を思い出した。

お加津は、まことの話か知れないにしても、濱野屋を大切に思ってくれているのだとしたら嬉《うれ》しいことじゃないかと、頷いた。

お瑛は戸惑った。

『みとや』を始めてまだ四月ばかししか経《た》っていない。商いだって、気の向くまま仕入れをしている長太郎では先が思いやられるし、再びのれんを上げるという気持ちはあっても、覚悟はかっちり固まっていないだろう。そこそこ暮らしが立つようになったいまだからこそ、踏ん張りどころなのに——。

「このこと兄さんの耳には」

お加津はとんでもないとばかりに首を振る。

「もちろん知らないわよ。長太郎さんのことだから都合よく考えちまうでしょう。いまはお瑛ちゃんの胸の中に収めておいてね。もしほんとなら、きっと益次さんからいってくると思うから」

「はい」

お加津は、いつでも遊びにおいでといって櫛《くし》と笄《こうがい》を購《あがな》ってくれた。

「それからあたしはちらっと顔を出したってだけにしてね。告げ口したようだから」

「わかっています」

お瑛は頷いた。

お加津が帰ると、お瑛は店仕舞いを始めた。

揚げ縁の品物をひとつひとつ店座敷に移しながら、考えていた。

もしもお加津のいうとおりだとしたら、いまはまだ早過ぎると益次にきっぱり断ろう。

空を見上げると、黒い雲がのしかかるように低く垂れ込めていた。雨にならないうちに湯屋へ行かなくちゃ。

お瑛はぬか袋と手拭いを持った。

四

茅町《かやちょう》一丁目にある店から、湯屋までは一町（約百九メートル）と少しだ。蔵前通りを渡り、路地をひとつ入ったところにある。早足ならあっという間だ。

もう夕刻近いせいか女湯はすいていた。

その代わり、男湯のほうは賑やかだ。仕事を終えた男たちが一日の汚れを落としに詰め掛けているようだ。笑い声や子どもの泣き声が響いている。

湯に浸《つ》かって、お瑛はほうと息を吐く。

首の付け根を指で押さえると妙に気持ちがいい。嫌だなぁ、あたしまだ十六なのに仕草は年増《としま》だと心のうちで自嘲《じちよう》する。

身体を洗う流し場と湯殿の間には仕切りがあり、柘榴口《ざくろぐち》と呼ばれる小さな門から腰を屈《かが》めて入るようになっていた。

柘榴口を設けているのは湯船に張った湯が冷めないようにするためだが、とにかく薄暗いので湯の汚れがわからないのも利点らしい。

いまは女湯と男湯と湯殿がちゃんと分けられているが、二十年ほど前までは、入り口は別々でも、湯船は男女一緒の入込みだった。それを当時のご老中が禁止したという。お祭りを縮小したり、面白おかしい書物を禁止したり、きちきち締め付けるご改革を推し進め、お武家にも町人にも嫌われていたけれど、湯殿を別に分けたのはいいことだと、お瑛は思う。

いくら薄暗くても、やっぱり側に男の人がいると思うと、おちおち浸かってもいられない。

湯屋は、だいたい一町に一軒ずつある。

据風呂を置く家は少ない。薪《まき》が高いのと、水がふんだんに使えるわけではないからだ。

濱野屋くらいのお店では贅沢《ぜいたく》だったが、据風呂だった。幼い頃、おっ母《か》さんとよく一緒に入ったことを思い出す。いつかはまたそんな家で暮らしたいという思いがふとよぎる。

そういえば益次が、風呂焚《た》きをしてくれたこともあった。

湯加減を訊《き》いてくると、手ですくった湯を外へ撒《ま》いたりした。益次がふざけて悲鳴を上げるのが楽しくて、幾度もやった。しまいには、おっ母さんに叱《しか》られた。

お瑛は、濡《ぬ》らした手拭いで目許《めもと》を押さえた。楽しい思い出なのに、涙が滲むのが悔しかった。

益次は、ほんとによく遊んでくれた。

肩車をしてもらったりもした。ままごと遊びでさえ嫌な顔ひとつせずに付き合ってくれた。忙しいふた親の代わりにお瑛の面倒をみてくれていたのだ。近所の友達と遊びに行ってしまう長太郎よりも益次が兄さんだったらどんなにいいだろうと思っていたほどだ。

だから濱野屋をやめると聞いたときにはすごく悲しかった。

でもいまは違う。

兄さんとふたりで『みとや』をしっかり繁盛《はんじょう》させなきゃと思う。

与えてもらうばかりじゃいけない。親切に甘えてばかりじゃいけない。あたしたちはもう、親を亡《な》くして家まで失《な》くしたかわいそうな兄妹じゃないもの。

ふと、お瑛の脳裏に浮かびあがった光景があった。益次が店を退《ひ》くとき、寝間で父親と母親がなにかを話していた。まだ幼かったたし、うとうとしかけてもいたし、よくは覚えていないが、ふた親の顔が怖いような沈んだようだったのだけは覚えている。ただそれも暗い行灯《あんどん》のせいだとお瑛は思っていた。

翌朝はいつもの母と父であったし、店を出る益次を、にこやかに送り出した。けれど、あの夜に見たお父っつぁんとおっ母さんのあんな顔は、あとにもさきにも二度となかった。益次がやめるのが痛手だったのだろう。

「ねえ、あんた知ってる？　いま評判の話」

隣にいた年増の女房が話を始めた。

「あれよ、質屋がさ」

「ああ、こないだの読売の。狂い死にしたってやつでしょ」

「そうそう」

一緒に来た者同士なのだろう。湯屋の中ではさまざまな風聞が聞ける。なにが流《は》行《や》っているのか知るのも商いをする者にとっては大切だ。

因業《いんごう》な質屋が狂い死にしたって話は、取り立てて興味は引かれないが、お客さんとの会話には必要かもしれないと、ぼんやり湯船に浸かりながら、ふたりの話に耳を澄ませた。それに、質屋というのが、ちょっと引っかかる。

「どこぞの質屋が波模様の衣装を着た女を見て、急におかしくなって川へ飛び込んだとか、首をくくったとかっていうじゃない？」

「え、あたしが読んだのは、火箸《ひばし》で喉《のど》を突いて、うつぶせで死んだって」

「嫌だ。幾人もいたってこと？」

「そうよねえ、しかも質屋ばかり」

「だいたい、因業なのが多いのよ。すずめの涙ほどの銭で引き取って、流れたら高値にするんだもの」

「どうせなら、亭主を引き取ってくれないかねぇ」

「あんたのところじゃ、銭つけたって断られるよ」

「なら、働かせたほうがましか」

あははと、女房たちは声を上げて笑った。

好いて好かれて一緒になっても、夫婦ってこういうものかと、お瑛はちょっとだけため息を吐く。

「ま、うちには、刀なんかないから、そんな祟《たた》りとはご縁もないけど」

「そうそう、うちもそうよ。鋸《のこぎり》と鑿《のみ》じゃ、格好もつかないもんね」

刀……。お瑛は思わず首を回した。質屋と刀と祟り。湯に浸かっているのに、背がぞくっとした。

ちゃぷりと湯が揺れた。隣の女が腰を上げたのだ。

「あの、いまのお話ですけど」

お瑛はあわてて声をかけた。自分の声が少しばかり震えているのに気がついた。

「なに」といった女房の表情は薄暗くてわからなかったが、咎《とが》めるふうではなかった。

「もう少し詳しく教えていただけませんか？」

あらまと、軽く笑い声がした。

「あんたも気になったの？　いまこの界隈《かいわい》この話で持ちきりだものね」

湯が再び揺れた。女房が湯船に入り直したのだ。

「刀の祟り、なんですか？」

お瑛は恐る恐る訊《たず》ねた。

「うん、そうそう。なんでも昔々に起きたお武家の姉妹の守り刀の祟りなんだって」

湯あたりのせいじゃなく、頭がくらりとした。まさかまさか、あの守り刀だったら、どうしよう。

「教えてください、その話」

お瑛は、女房ふたりに向き直った。


かれこれ五十年ほど前のこと。ある小藩の出来事だ。仲の良い姉妹がそれぞれ嫁いだが、夫同士も義兄弟として家ぐるみの付き合いをしていた。妹の夫が藩の不正を暴《あば》いたことで立身が叶《かな》いそうだと、姉の処へ喜びながら報告に行くと、姉が泣き崩れていた。

訳を訊《き》くと、夫が切腹を申しつけられたという。それは妹の夫が暴いた不正の責任を取らされたためだった。よもやそのようなことがあろうとはと、妹は気が塞ぎがちになり、屋敷からも出なくなっていた。妹のようすがおかしいことを知った姉が屋敷へと駆けつけると、変わり果てた妹の姿があった。妹は喉に守り刀が突き刺さったまま息絶えていた。そこまで己を追い込んでいたのかと嘆き、後を追うように同じく姉も己の守り刀で自害した。

「血の海の中で死んでたんだって」

女房が、お瑛に顔を向けた。

一度に喉を引き切れなかったのか、妹の喉には幾つかの切り傷があり、最後は己の身体の重みで刃を突いた。刃先が喉を貫通し、血だまりの中にうつぶせになっていた。

「姉は喉の血の管を掻《か》っ切ったそうよ」

「おお、怖っ」

もうひとりの女房がたまらず声を洩《も》らした。

姉妹の亡骸《なきがら》は折り重なって見つかった。姉の卯《う》の花色《はないろ》の地に波模様の小袖《こそで》は、ふたりの鮮血を吸って赤く染め直したようだったという。

ところが、それはすべて妹の夫が仕組んだこと。自分が働いた不正を義兄である姉の夫になすりつけたのだ。妻が自害してしまったのは予想外ではあったが、それも仕方がないとふた振りの守り刀を手に入れ、片方を売って金にし、片方は手許に置いた。

その後、重職の娘との婚儀が調い、有頂天になっていたが夜になるとうなされるようになった。どこからともなくかたかたと小さな物音が聞こえるようになり、耳から離れない。

とうとう気が触れて、手許にあった守り刀で死んでしまった。

「妹と同じ死に方だったんだよね」

「そうよぉ。妹が怨《うら》んで……出たのよ」

それから守り刀の行方は知れなくなったが、離れると互いに呼び合うらしい。ひと振りだけ所有していると、未《いま》だ彷徨《さまよ》っている姉妹の魂が出てくるというのだ。

お瑛は身体が冷えてくるのを感じていた。

「ふた振りを合わせてやらないといけないのよ。でも、狂い死にした質屋は、ひと振りだけしか持っていなかったから、祟りにあったというわけ」

「ふた振り持って、寺で供養《くよう》しないと祟りは収まらないって、読売には書いてあったけどね」

「その刀にはなにか目立つものが？」

お瑛は、寒気が走る身を縮ませながら訊ねた。

「ええと、たしかね、姉さんのが桜の花が散ってる絵で、妹のほうが、なんだっけ」

桜花……お瑛は息を呑む。

月に叢雲、花に風。ご隠居の呟きがお瑛の脳裏にむくむく浮かんできた。

「月と雲って読売には書いてあったけどね」

やっぱりそうだ。

「けどさ、お武家の守り刀なんて、あたしたちにはなんのかかわりもないから、安心おしよ」

女房たちが笑った。湯殿に声が響く。お瑛は弾《はじ》かれたように湯船を出る。

「あれ、ちょっとどうしたのよ、娘さん」

濡れた身体も拭わず着物を引っ掛けて、湯屋を飛び出した。

あの刀だ。あの守り刀だ。

あの物音は、もうひと振りの桜花の刀を呼んでいるんだ。

質流れだと、兄さんはいった。もしかしたらこの祟り話を知った質屋が、これ幸いと兄さんに押しつけたんじゃなかろうか。

もう嫌になっちゃう。

お瑛が蔵前通りを突っ切ると、顔見知りの棒手振《ぼてふ》りの八百屋が眼を丸くして怒鳴った。

「どうしたい、そんなに急いで」

「お寺よ、お寺。急いで行かなきゃ」

「寺ぁ、墓なら逃げねえよ。ああ、兄さんに大根買ってもらったんだ、ありがとうよ」

兄さん、戻ってるんだ。

戸は開け放たれたままになっていた。お瑛が息を切らせて飛び込むと、かまどの前にいた長太郎が振り向いた。

「おお、なんだなんだ」

「早くお寺へ持っていってよ」

「やぶから棒になにをいっているんだ。もうすぐ大根が炊き上がるよ」

白い歯をちらりと見せて長太郎が笑う。

見れば、鍋《なべ》から盛大に湯気が上がっている。

青臭い匂《にお》いがお瑛の鼻先をかすめた。

はあと、お瑛は力がごっそり抜けた。

「湯屋へ行ったんじゃないのか。汗だくじゃないか」

「冷や汗とかいろいろなの。兄さん、あの刀の噂《うわさ》知ってるの？」

長太郎は空とぼけた顔をした。

「鞘に月と雲の意匠が付いてる守り刀よ」

あれはねと、お瑛は湯屋で聞いた祟り話を早口でまくしたてた。

「夜になると、かたかた物音がしたの。あれは月の刀が桜花の刀を呼んでいるのよ。だから早くお寺に預けて来てちょうだい」

「いまの話だと、ふた振り揃《そろ》わないと供養できないのだろう」

長太郎がにやにや顔をお瑛に寄せてくる。

お瑛はぷくっと頰を膨らませた。

「どうしてそういう物言いばかりするの。兄さんが留守の間、あたしがどんなに怖い思いをしていたか知ってるの？　年増芸者の愚痴を聞いてやっていたこの三日よ」

「あれ、なぜお瑛が知ってるんだい」

長太郎は訝しむ。

丸屋の名入りのどんぶり鉢に入れた昆布となまり節の煮物に眼をとめ、薄く微笑んだ。

お加津さんならしかたないか、と長太郎は大根を箸で突いた。

「けど困るなぁ、売り物を使っちゃ」

「だって売れそうにもないから……」

お瑛は唇を尖らせた。

「もういいかな」と長太郎は眼を細めると、

「じつは、新吉《しんきち》が……新吉ってのは芸者の名だけどさ、よほどとさかにきたんだろうな、今朝になって熱を出しちまってね。喉まで痛むっていうから、この炊いた大根を持って行ってやろうかなと思っているんだ」

けろりといった。お瑛は驚いて口を開けた。

「兄さん。あたしのお願いはそのお耳に届いているのかしら？」

ちょっとばかり剣突《けんつく》な物言いをしながら、きゅっと眉《まゆ》を寄せた。

「聞こえてるさ。祟りなんかありはしないし、刀も勝手に動きはしないさ」

だってだってと、お瑛は呟いた。

長太郎は居間にあがると、どんぶり鉢を手にしていた。

「私もこの鉢を使うか。売るほどあるからな」

長太郎は鼻唄《はなうた》をうたいながら、柔らかく炊けた大根を鍋から移して行く。

お瑛の背にまた寒気が走った。きっと濡れた身体のまま湯屋から走ってきたせいだ。

「それじゃ、あとはよろしくな」

長太郎が軽くいって背を向ける。

お瑛は拳《こぶし》を握った。震えは収まらないどころか、さらにひどくなっていく。身体が冷えたせいじゃない。身体の芯《しん》が震えている。そのくせカーッと顔が熱くなる。あたし、きっと怒っているんだ。お瑛がそう気づいたときには、もう口を衝《つ》いていた。

「益次さんのほうがよっぽど兄さんらしかった。益次さんが兄さんだったら、とっくに濱野屋ののれんを上げていたわよ。考えなしで手前勝手な極楽とんぼの兄さんじゃ、一生かかったって無理に決まってる」

長太郎がゆっくりと振り返る。

「益次が兄さんだったら……？」

「そうよ。益次さんは濱野屋を買い上げようとしてくれているのよ」

益次がと、長太郎の顔がわずかに強張る。

「それもお加津さんから聞いたのかい」

お瑛は、はっとして口許を手で覆《おお》う。

「たしかに益次が兄さんだったら、お瑛も苦労せずに済んだかもしれないな、ははは」

長太郎は空笑いして俯《うつむ》いた。

お瑛は唇を嚙《か》み締めた。吐き出した言葉はもう元へは戻せない。

頭がくらくらしてくる。

それでも、ごめんなさいのひと言がいえない自分にも驚いていた。あたしいつからこんな強情っぱりになったんだろう。

なんとかいってよ、兄さん。

お瑛は心のうちで呼び掛けた。馬鹿《ばか》をいうなと怒ってくれていいのに。無言の兄の姿がよけいにお瑛の胸を締め付けた。

長太郎が宙を見上げて、ひとつ息を吐く。大根を鍋に戻そうとしたとき、大戸を叩《たた》く音がした。

五

「あ、あたしが出る」

お瑛はほっとして台所から居間へ上がり、店座敷へと飛んで出た。

「こちらは『みとや』さんでよろしゅうございますか」

少しくぐもった女の声がした。

「お店仕舞いのあとで不躾《ぶしつけ》とは存じますが、お伺いいたしたいことがございまして」

お瑛は潜《くぐ》り戸を開け、表へと出た。

白っぽい衣装を着込み、銀鼠色《ぎんねずいろ》の帯を締めた女が立っていた。眉がないので、お武家のご新造だなというのは見た目でわかった。

お瑛はちょっとだけ眼を指でこすった。すでに陽は落ちかかり、あたりは薄ぼんやりとしている。その中に佇《たたず》む姿がなんとなくぼうっと霞《かす》んで見えた。たぶん着ている物の色のせいだろう。でもどこか違和感がある。それに、お武家のご新造なのに供のひとりも連れていない。もしかしたらご浪人だろうか。

お瑛は再びぶるりと身を震わせた。

「こちらに守り刀はございますでしょうか」

えっと、お瑛は眼をしばたたく。

「それは……どういったお訊ねでしょう」

「じつは……質流れになった刀をこちらでお買い上げになったと聞いたものですから。黒鞘《くろさや》に月に叢雲の意匠で、一尺ほどの」

お瑛はめまいがした。

「それでしたら、たしかにございますが」

やっとの思いで口を開いた。

ご新造は、ほっとしたように胸元に手を当てた。だが、すぐに表情を険しくして、

「お代はいかほどでございましょう」

おずおずと訊ねてきた。

「でもあの刀は……」

お瑛がためらっていると、

「うちは三十八文店ですので、すべて三十八文になります」

長太郎が潜り戸から表へと出て来た。

ご新造の白い顔が一瞬、輝いた。

お瑛はあわてて長太郎の袖を引く。

「いいんだよ。あの守り刀を出しておくれ」

「でも、兄さん――」

「いいから。持っておいで」

長太郎の眼はこの来訪を予見していたかのようだった。買いに来る人がいると、兄さんはそういった。きっと、このご新造が、その人なのだ。お瑛はいわれたとお

り、店の中へ取って返すと白布に包んだままの守り刀を手に取った。初めて持ったときと感触が違っていた。ひんやりとした手触りが気持ちいいくらいだ。これはほんとにただの守り刀で、祟り話は単なる偶然だったのかもしれない。

心がわずかに軽くなったような気がした。

三和土《たたき》に下りると、長太郎が屈んで、潜り戸の外から顔を覗《のぞ》かせた。

「お瑛、提灯《ちょうちん》も出してくれるかい」

「提灯？　なぜ」

「うん。いまは持ち合わせがないというのでね。お宅までお送りして、お代をいただくことになったのさ」

小声でいった。たぶん帰りの夜道を見越して提灯を持って行こうというのだ。

「お宅はどちらなの」

お瑛が眉を少しだけ寄せて訊ねると、海辺《うみべ》大工《だいく》町《まち》の霊巌寺《れいがんじ》裏にある次郎《じろ》右衛《え》門店《もんだな》だという。

三十八文のお足を持っていない……お瑛は少しばかり驚いた。お大名のおひいさまならまだしも、お武家のご新造が小銭も持たずに表に出るだろうか。

お瑛は不安にかられながら、守り刀と提灯を長太郎へ手渡した。

白布包みを眼にしたご新造の顔が一瞬だけ、怖いくらいに輝いた。

長太郎が布を開いて、守り刀を見せると、

「造作をおかけいたします」

ご新造は小声で恥じ入るように顔を伏せた。

「じゃあな、お瑛。戸締りしとけよ」

それでは、参りましょうかと、長太郎はご新造を促すようにして、少し先を行く。

その後をゆっくりと歩き出したご新造が一瞬足を止め、お瑛を振り返る。黄昏時《たそがれどき》のぼんやりした光がご新造の白い顔を浮かびあがらせた。わずかに微笑み、丁寧に腰を折った。あわててお瑛も頭を下げた。


お瑛は調えた夕餉《ゆうげ》の膳《ぜん》を前に、まんじりともせず座っていた。

ひとりきりの食事なんてもう馴《な》れっこになっているのに、喉を通りそうもなかった。今夜は長太郎と一緒に食べたかった。

だけど、どうしてあんなことといってしまったんだろうと、お瑛はしょげ返る。

あたしがお店のことでこんなに懸命なのに、兄さんは何をしているのだろうかと腹が立っただけだ。

でもいま何刻《どき》だろう。戻りが遅い。

海辺大工町ならば、一刻もあれば十分に戻って来られる道のりだ。町木戸を預かる木戸番の拍子木の音が近づいて来る。

四ッ（午後十時）を報《しら》せていた。

出て行ってから一刻半以上経っている。

お瑛は揃えた膝《ひざ》の上に載せた両の手を握り締める。

きっと新吉という芸者の処《ところ》へ行ったのだろうと思ったとき、行灯の火が揺らぎ、ぴくりと肩を震わせた。背筋がうすら寒い。

屋号入りの半纏《はんてん》を肩に掛けたが悪寒《おかん》が止まらない。なにこれ嫌だ。

お瑛の胸がずきりと痛んだ。

あのご新造の首許だ。布だ。布が巻いてあった。違和感を覚えたのはそのせいだ。肌の色と似た布を巻いていたのだ。

それにあの着物……お瑛の身体《からだ》が抑えきれないほど震え始めた。お瑛が頭を下げたとき裾《すそ》に薄い波模様が入っていたように見えた。

まさかまさか。

真っ赤に染まった波模様の着物が浮かぶ。妹の守り刀を迎えに来たんだ。

兄さんが呼ばれてしまった。お瑛の歯が鳴る。身体が動かない。あやかしの瘴気《しょうき》に当てられたのかもしれない。

兄さんが祟り殺される――。

兄さんは行って来ますはいわない。五年前のあの日から行ったままになってしまったお父っつぁんやおっ母さんのことが、まだあたしの中に残っているのを感じているせいだ。

行って来ますは、行って戻りますという約束だ。

だから兄さんは約束をしない。

あたしに期待させないよう、待って待ち続けて戻らなかったとき、がっかりさせないようにするためだ。

口約束なんて誰でもできる。

おためごかしにいい顔をして安心させることだってできる。

兄さんがそのひと言をいわないのは、誰でもない。あたしのためだ。

でも兄さんは戻って来る。

あたしがここに居ることを承知しているから。風来坊でも極楽とんぼでも戻る処があることをちゃんとわかっている。

約束なんかしなくても、必ず帰ってくる。

けれど兄さんもあたしも知っている。行ったまま戻らないことがある。二度と会えなくなることだってあるんだと。

お瑛は激しく首を横に振る。もうあんな悲しみはごめんだ。

お瑛の中にいいようのない恐怖が湧《わ》き上がる。

不意に幼い頃の情景を思い出した。よくかくれんぼうをして遊んだことだ。

長持の中で見つけてくれるのを待つうち眠ってしまったお瑛を抱き上げてくれたのは益次だったが、

「まったくお瑛はこの長持が好きだな。赤ん坊のときからだ」

益次の隣で笑っていたのは長太郎だった。

お瑛は大きく息を吐き、三和土に下りて、たすきを手早く締めた。小袖の裾をからげて帯に挟み込み、草鞋《わらじ》の紐《ひも》をしっかり結ぶ。

兄さん、死んじゃ嫌だ。

あたし、ほんとにひとりぼっちになっちゃう——。

お瑛は提灯に火を入れ、表へ飛び出した。

六

そうよ、兄さん。

見つけてもらうまで息をひそめているだけの子どもじゃない。

迎えに行けばいいんじゃない。

あたしが兄さんを助けるんだ。

お瑛は暗い道を駆け出した。

手に提げた提灯の明かりが揺れ、お瑛の足音だけが、夜の通りに響き渡る。

浅草橋の架かる神田川へ向った。小さな桟橋に、お瑛の猪牙舟《ちょきぶね》が舫《もや》ってある。

荒い息を吐きながら、土手から川面《かわも》を覗く。暗い川面は底のない闇《やみ》のように思えた。ぽつぽつ光って見える町の灯が、ほたるのように揺らいで見える。

夜、舟を出すのは初めてだ。

でも大丈夫。お瑛は自分にそういいきかせて、提灯を持つ手に力を込めた。土手を下りると、すぐさま舫いを解き、猪牙舟に乗り込む。棹《さお》をさし、舟を桟橋から離す。櫓腕《ろうで》に手をかけ、柄をしっかと握り、押し漕《こ》ぐ。

月はすっかり雲間に隠れ、頼りになるのは船首に吊《つ》り下げた提灯だけだ。川面を裂く音と、櫓のきしむ音が妙に耳につく。

柄を握るお瑛の顔が次第に引き締まる。

眉尻《まゆじり》がきゅっと上がる。

片足を前に踏み出し、思いきり上体を傾けて、櫓を押す。次は後ろに上体を倒して、櫓を引く。力を込め、腕をしなやかに動かす。

舟の速さがぐんと増す。

それでも、水面には波が立たない。

風がお瑛の顔をなぶった。

湿気を含んだ匂いが鼻先をくすぐる。

いつの間にか頭痛も身体の震えも寒気もどこかへ退散していた。

唇を強く引き結ぶと、神田川から大川へと出る。頭の中では川筋を描いていた。

海辺大工町は小名木川《おなぎがわ》沿いにある。霊巌寺の裏手なら高橋《たかばし》を渡ったすぐのところだった。

小名木川までは、両国橋、新大橋を潜らねばならない。

お瑛は大川を突っ切る。両国橋を潜って少し行けば竪川《たてかわ》と交わる。その先にある幕府の御船蔵と大きな寄洲《よりす》の間を抜けるのが近道だ。

大きな船も怖いが小船も怖い。小船は速さがある分、視野に入ったときには避《よ》けられないかもしれない。

でも構うものか。来るなら、来いだ。あたしは急いでいるんだから。

さらに櫓を動かす。闇を切り、しぶきを上げ、前へ前へと進む。

ふと見ると、竪川の河口付近に、赤い灯りがふたつあった。船首と船尾に提げられた灯りなら、その幅からいって荷舟か乗合船のようだ。灯りが動いていないので、停まっているのだろう。お瑛が突き進んだとき、いきなり船首が動いた。

お瑛はとっさに櫓をきった。

「なんて速さで突っ込んできやがる。危ねえじゃねえか！」

相手の船頭が怒鳴り声を上げた。

「そっちだってよく見なさい！」

「おおお、娘っこが船頭か」

「娘っこじゃないわよ、『みとや』のお瑛よ」

お瑛はそういい放つと櫓を大きく動かした。

新大橋が近づいて来る。

ただ真っ黒な影のようにしか見えない。

あと三町（約三百三十メートル）ほど進めば小名木川の流出口だった。河口近くに万年橋。その先に架かるのが高橋だ。

身体が熱くて、重いとお瑛は感じていた。流れ落ちる汗が妙にべたついていて不快だった。でもあと少しだと、さらにしっかりと櫓を握った。

舟を左に進め、小名木川へと入り、万年橋を潜りかけたときだ。提灯を提げた男が橋を渡り終えようとしていた。

顔は見えないが、ちょっと早足のうきうきした歩き方だ。

「もしかして……兄さん？」

お瑛は漕ぐ手を止めた。

「兄さん……兄さーん」

船底で足を踏ん張って、声を限りに叫んだ。提灯の揺れが止まった。

身を翻して、橋の中ほどまで戻った男は、欄干から提灯をかざし、川を覗き込んだ。

「あれっ。お瑛。お瑛じゃないか」

お瑛の胸に安堵《あんど》が広がる。

「どうしたんだい。なにをしているんだ」

「なにをって、兄さんを助けに来たのよ」

「助けに？　なにをとんちんかんなことをいってるんだい。ははあ、三十八文使っちまうと思ったんだな。ちゃんと懐《ふところ》に入っているよ」

長太郎はさも心外だというふうな声だ。

「違うわよ。守り刀の持ち主が兄さんを殺すかもしれないと思って怖くなったの。ほんとになんでもなかったの？」

長太郎が大声で笑った。

「馬鹿だなぁ、お瑛は」

「馬鹿ってなによ、ほんとにほんとに心配したんだから。兄さんが祟り殺されちゃうってほんとに心配したんだから。極楽とんぼでも、風来坊でも兄さんはあたしの兄さんだもの」

お瑛の身体から急に力が抜けて、船底にくずおれた。猪牙舟がぐらりと揺れ、お瑛はあわてて船べりを摑《つか》んだ。

「大丈夫か、お瑛」

長太郎が身を乗り出し叫んだ。突き出した提灯が長太郎の驚き顔を浮かび上がらせる。

「大丈夫なんかじゃないわよ」

お瑛の声が夜の空に響き渡った。

七

お瑛は熱を出して床についていた。

ゆうべ、長太郎を万年橋から乗せて、家に帰り着くなり天井が回り始め、足が立たなくなったのだ。

声が出しづらかったのも、寒気があったのも風邪のせいだ。あやかしの瘴気に当てられたと思っていたなんて、長太郎にはいえなかった。それに濡れた身体で湯屋から走ってきたのもいけなかった。

いつもの小屋裏ではなく下の居室にお瑛は臥《ふ》せっていた。長太郎が看病しやすいからと布団《ふとん》を敷いてくれたのだ。

店番はもちろん長太郎がしている。

揚《あ》げ縁《えん》の品物も並べ方がずいぶんいい加減のようだ。

客に訊ねられると、あわてて探したりしてはいるが、人当たりがよく風采《ふうさい》もいいせいか悔しいほど若い娘が足を止めていく。

憎らしいのは、お瑛ちゃんは？　と顔見知りの客たちに聞かれ、

「丈夫すぎて、風邪を引いたのにも気づかないんです。私が休ませてやったんですよ」

得意満面にいい放っていたことだ。

「たまには妹孝行です」

はっはっはと高笑いしている。

熱がなければ、揚げ足のひとつも取ってやりたいところだと、お瑛は唇を尖《とが》らせた。

「いやぁ、大根の煮物が役に立ったな」

昼を過ぎ、長太郎が炊《た》いた大根を細かく刻んで混ぜた粥《かゆ》を、お瑛の枕元《まくらもと》に運んで来た。

「起き上がれるか、お瑛？」

「あたしが食べちゃってもいいの？」

「心配しなくていい。たくさんあるからな」

長太郎にはちょっとやそっとの皮肉ではまったく通じないらしいとお瑛は嘆息しつつ、身を起こした。長太郎はすばやくお瑛の肩に袷《あわせ》の小袖を掛けた。こういうまめさが憎らしい。

でも寝込んでいるお瑛の枕辺で事の顚末《てんまつ》を聞かせる長太郎には開いた口がふさがらなかった。

あの祟り話は長太郎が知り合いの読売屋に頼んで摺《す》らせたものだった。

「相生町《あいおいちょう》の質屋でね、お武家のご新造が質に入れた守り刀を請け出したいって来たら、もう流してしまったと追い返したわけさ」

長太郎はちょうどその場に居合わせたという。ところが数日後、質屋が居酒屋で他の者へ自慢げに話をしているのを聞いた長太郎は驚いた。

「あの守り刀は大層な値打ち物だから、売り飛ばそうと考えていたらしいのだよ」

流してしまったのは偽りだったというわけだ。質屋としてやっていいことじゃない。もともと業突《ごうつ》く張りの質屋だと有名だった。そこで長太郎は知り合いの読売屋に頼んで、祟り話をでっちあげたという。

「いつだったかな、ふた振りの守り刀の話をずいぶん前に聞いたことがあったのさ」

刀の意匠は、月に叢雲《むらくも》のあの刀にしたのだと、鼻の下をこすりあげた。

さっそく質屋にもしや件《くだん》の守り刀ではと、心配顔をして行くと、すでに主人は読売を手にしてがたがた歯の根も合わないほど怯《おび》えていたらしい。

「顔ってのはさ、お瑛。ほんとに青くなるんだなぁ。感心したよ」

長太郎は手を叩いて喜んだ。

自分はそんな祟り話などちっとも怖くもなんともないと胸を張り、私が引き取ってあげましょうと、いい放った。

自分で話を作ったのだから当然だと、お瑛は熱にうかされながら呆《あき》れ返った。だから、お瑛が祟り話をしたときも、笑って取り合わなかったわけだ。

それでまっとうな質流れ品と守り刀を二束三文で受け取ったという。

でもと、お瑛は考えた。そんなことをしなくてもお武家のご新造に請け出させればいいことだ。長太郎は首を横に振る。

「それじゃあだめだ。あの質屋のことだ。ご新造にこんないわくつきの物を持ち込んでと難癖をつけそうじゃないか。きっちり銭も戻させてね」

だから、ちっとばかし灸《きゅう》を据えてやりたくなったのさと、長太郎は鼻をうごめかせた。

「でもさ、不思議なことに長屋の入り口までは一緒だったご新造が、いつの間にかいなくなってたんだよ」

お瑛ははればったい眼をしばたたく。

「出てきたのは別の母親と娘でさ」

長太郎が、守り刀を差し出すと涙を流さんばかりに喜んで、これで嫁に行けますと母娘《おやこ》揃って頭を下げた。

聞けば、嫁入り支度を調えるのに先祖から伝わっている守り刀を質草にしたというとだった。だが、娘婿《むすめむこ》からご先祖の遺《のこ》した大切な品を質にいれるとは何事か、ましてや守り刀は手放すものではないと、叱責《しっせき》された。

「嫁入り支度などいりませぬ。私は衣装や長持と祝言《しゅうげん》を挙げるのではありませぬゆえ」

その娘婿の気持ちがありがたく、急いで質屋へ行ったが流されたと聞き、消沈していたのだという。

ならば、うちに刀を買いに来たのは誰だろうと、お瑛は熱のせいでなく背を震わせた。

「そうなんだ。質屋に来たご新造とは似ていたけど、顔つきが違っていたんだな。でもわかったんだよ、お瑛」

長太郎は聞きたいかというように顎《あご》を突き出した。お瑛は仕方なく頷《うなず》くと、

「母娘がいうには近くに住む、従姉《いとこ》が代わりに行ってくれたんだろうとさ。すごく心配してくれていたらしいんだ。たぶん質屋へ行って、うちのことを聞き出したんだろう」

長太郎は、まだご新造が来たら『みとや』へ売ったというように質屋へ伝えておいたのだと、威張りくさって胸をそらせた。

首に巻いた布のことや波模様の着物のことを訊ねると、長太郎はああと頷いた。

「着物の意匠なんて、いくらでも同じものがあるじゃないか。首の布はお瑛と同じさ。風邪気味だったらしい。だから声もか細かったんだな、うん」

話をすっかり聞き終えたお瑛は、腹が立つやら、呆れるやら……。

はあと、お瑛は粥を口に運びながら、またぞろ息を吐《つ》く。

「どうした苦しいのかい」

長太郎が、店座敷から振り向いた。お瑛は力なく首を振った。小さな正義を振りかざし、よいことをしたと悦に入っている長太郎が却《かえ》って心配になる。もっと大きな、やっかいなことに首を突っこまなきゃいいけど、と店座敷に座る長太郎の背を

見つめた。

　でもやっぱり兄さんだと、お瑛は思う。いざとなったら優しくて頼りになる。

と、いきなり長太郎が振り返った。

「なんだい、お瑛。起きていられるのかい？　それなら新吉のようすを見て来るかな」

　長太郎が腰を上げた。

　お瑛は眼をまん丸にした。

「おいおい。顔も眼も丸いぞ」

「これは生まれつきです」

　お瑛が声を張ると、

「その元気があればもう大丈夫だな」

　長太郎は麻裏草履を突っ掛けて逃げるように出ていった。布団から起き上がったままのお瑛は呆然《ぼうぜん》として、長太郎を見送った。

「おや、どうしたな。病かえ」

　駿河台のご隠居が顔を覗かせた。

「ご隠居さま、聞いてくださいませ」

お瑛は、肩から落ちそうになった袷を掛けなおして布団から這《は》うように出た。まだ少し熱があるのだろう。うわごとのようにすべてを吐き出した。

ご隠居はお瑛の話に耳を傾けながら相槌《あいづち》を打ちつつ、ときどき問いかけを挟んでくる。

お瑛はすべてを話し終えると、どっと疲れが出て、くにゃりと肩を落とした。

ご隠居は憮然《ぶぜん》としながらも驚くことをいった。

「その祟り話。あながち間違いではないのだよ。あれは無銘だが、ひと振りの刀を二本に打ち直したものだ。鞘と拵《こしら》えは新たに作ったのだろう」

「じゃあ、月に叢雲、花に凪は……」

「おう。たしかにこの世に在る刀だ」

お瑛は少しだけまた寒気がした。

ご隠居が調べてくれたところによれば、その昔、ある小藩の仲の良い姉妹がそれぞれ守り刀を持ち嫁いだ。互いの夫は立身を果たし、これまでにないくらいの暮らしを手に入れたが、夫婦ともに慢心し、結局は小さなしくじりからすべてを失ったという。

「たぶんこの話を長太郎は聞いたのだな」

「じゃあ、守り刀で自害したんですか」

お瑛が怖々訊ねると、ご隠居は楽しそうに笑った。

「守り刀は持ち主を守るのが役割だ。それが証拠にあの刀には、くもりひとつなかった。それは美しいものだった」

二本の守り刀の意匠になっていた月と叢雲、散る桜花の意は、名月には雲がかかり、花は風に散らされる、とかく良いことには邪魔が入るということだとご隠居はいった。

「だからこそ、よいことのあとは気をつけねばならないということだ。その戒めを忘れ、慢心し、しくじったことを恥じた姉妹夫婦は、浪人の身となりながら、それからは気を引き締め、幸せに暮らしたそうな」

お瑛の肩から袷がずり落ちる。なんだか憑《つ》き物まで落ちた気分だった。

「海辺大工町に住んでいるのはその姉妹のひ孫ぐらいかの。ちと遠い縁戚《えんせき》となるが、仲よう暮らしているという話だ。それぞれ守り刀を持って嫁に行くらしい」

ほっとしたお瑛の耳にかたかたと小さな音が聞こえてきた。またぞろ怖気《おぞけ》が走る。

「おや、奥の連子《れんじ》窓《まど》の格子《こうし》が緩んでおるようだな。あとで長太郎に直させなさい。まったく病のお瑛を置いて長太郎はどこへ行ったのかの、しょうもない奴《やつ》だな」

お瑛はぽろぽろと知らずのうちに大粒の涙をこぼした。

「おお、わしがなにかいうたかの。それとも具合が悪うなったか。どこか痛むか」

ご隠居があわて顔でお瑛を覗き込む。

「きっと熱のせいです。大丈夫です。いいんです。兄さん帰ってきますから」

怖かったし、安心したし、いろいろありすぎて、お瑛はなにがなんだかわからなくなっていた。でもやっぱりあたしがしっかりしなくちゃいけないことだけはたしかだ。

守り刀なんていらない。

自分が気を緩めなければいい……でも、

「いまはちょっとだけ泣かせてください」

あーんと、お瑛は大声で泣いた。


（新潮文庫『ご破算で願いましては　みとや・お瑛仕入帖』に収録）

利休鼠

畠中恵

畠中恵（はたけなか・めぐみ）
高知県生まれ。名古屋造形芸術短期大学卒。2001年『しゃばけ』で第13回日本ファンタジーノベル大賞優秀賞を受賞し、小説家デビュー。「しゃばけ」シリーズは、新しい妖怪時代小説として読者の支持を受け、一大人気シリーズに。16年、同シリーズで第1回吉川英治文庫賞を受賞。他に『つくもがみ貸します』、『まことの華姫』、「まんまこと」シリーズ、『わが殿』、『猫君』などがある。

一

江戸は深川、仲町《なかちょう》の堀川沿いを、朝早く、奇妙な若い男が歩いていた。

男はすらりとしていたし、顔立ちも凛《りん》として、見た目はどこにもおかしなところはない。よろけ縞《じま》の着物を着て、一人で道を足早に歩いている。

それでは何が不可思議かといえば、誰と話しているでもないのに、男の周りで声がしていることだった。しかもそれは、一人の声ではない。三人程が代わる代わる、なんぞ話している。なのに男は気にもしていない様子で、黙って歩んでゆくのだ。

大きな帆暖簾《ほのれん》が戸口にかかった店の前に来たとき、奥から男に声がかかった。するとぴたりと妙な声が止んだ。

「あら清次《せいじ》さん、朝早くからご苦労さん。今朝はどこの店へ用かい？」

「これはおはようございます、おかみさん。これから松梅屋《まつうめや》へ」

清次と呼ばれた男がにこりと笑うと、帆暖簾の奥にいる女達が騒いだ。そこへも会釈してから、道沿いに並ぶ店の前を通り過ぎて行く。建ち並んでいるのは、仲町の料理茶屋だ。一帯は深川でも有名な、岡場所であった。

深川は、千代田の城から見ると東側、隅田川《すみだがわ》最下流にかかる橋にして、新大橋と佃島《つくだじま》の間ほどにある永代橋《えいたいばし》を渡った先にある。

江戸三大祭の一つ、深川祭と呼ばれる例祭を行う富岡八幡宮《とみおかはちまんぐう》や、意地と張りが売りの辰巳《たつみ》芸者で知られていたが、深川はまた、遊里としても名を馳《は》せていた。

寛永《かんえい》元年創建とされる深川八幡宮前に、水茶屋が許され女を置くようになったのが、遊里が発展した理由とされている。私娼《ししょう》を置く遊里である岡場所は、江戸に数十箇所以上あるとも、いや百を超えるとも言われているが、深川はその中でも代表的な場所の一つであった。

その深川にある遊所の数は、千八百年頃、十を数えると言われていた。仲町、土《ど》橋《ばし》、櫓下《やぐらした》、裾継《すそつぎ》、新地《しんち》などの土地の内、随一と言われたのが深川仲町で、これは八幡社の前通りにある。遊びにかかる金も、深川一であった。

仲町の茶屋は東西に並んでいて、朝な夕なに陽が当たるためか、帆暖簾が正面にかかっている。夜が明けた頃にその暖簾の下をくぐって、料理茶屋の一軒、松梅屋に顔を出したのは、近くで古道具屋兼損料屋出雲屋《いずもや》を営んでいる清次であった。

「ちょいとごめんよ。夜着を取りに来た」

声をかけると、料理屋で〝廻《まわ》しの女〟と呼ばれている雑用係のおせんや、仲居達が一斉に清次に笑い顔を向けてくる。おかみが廊下に顔を出し、寄っていくかと声をかける。清次は愛想良く笑うと首を振り、料理茶屋の階段を上がっていった。

損料屋というのは、鍋《なべ》に布団に着物にふんどしまで、様々な品を幾ばくかで貸してくれる便利な店であった。火事が多い江戸では、物を多く所有しても失いやすく、その上逃げる邪魔になりかねない。それ故に皆が品物を借りるので、損料屋は数多くあった。

ただ不心得な借り手だと、借りた品を売っぱらってしまう。よって損料屋が物を貸すときは、保証のため賃料の他にいくらかの金を、店が預かる仕組みだった。

数ある品の中でも損料屋がよく貸し出したのが、布団であった。深川では岡場所への貸し出しが多い。出雲屋も、娼妓置屋《しょうぎおきや》に抱えられていない、出居衆《でいしゅ》と呼ばれる自前の呼び出し女郎らと馴染《なじ》みであった。客がついたと知らせが入ると、体が隠れるほど大きな風呂敷《ふろしき》に夜着を包んで、清次が茶屋の二階へ運び込む。通い夜具と呼ばれていて、茶屋ではよく目にする光景であった。

清次は茶屋に顔を出すついでに、紙入れや煙管《キセル》、買うにはちょいと高直《こうじき》な蒔絵《まきえ》の櫛《くし》などを持っていって貸し出したので、遊女達は茶屋で清次を見かけると、われ先に声をかけてくる。

「どうせ品物を借りるのなら、様子の良い若い男がいいもんねえ」

女郎達は正直なものであった。

だからたとえ出雲屋の品物を借りると、時々妙な声を聞くという噂があっても……それすらも深川の遊女達は、清次と話すきっかけになると、楽しんでいるのだ。

料理茶屋の二階では、既に各部屋の障子が開け放たれ、客達は帰った後のようだった。それで清次が声もかけずに一番奥の部屋へ入ると、まだ男と女が屏風《びょうぶ》の陰に座っていたので、ぎょっとする。

深川の岡場所では、客と遊女が一部屋丸ごとを使うことはほとんどなく、大抵部屋を屏風で仕切って使う〝割床《わりどこ》〟だ。

(一組まだ、残っていたのか?)

一寸《ちょっと》立ちすくんだ清次に、女の方が笑って声をかけてきた。見れば客の男共々、既に身支度は済んでいる。

「ああ、清次さん、待っていたのよ」

「おや、朝会うとは珍しいね」

遊女は馴染み客の、おきのであった。茶屋で客を取っている間、患っているおきのの母親の面倒は、いくらか払って近所の女にみてもらっているはずだ。だからおきのは、清次が夜具を取りに行く頃には帰宅していて、茶屋にいないのが常だったのだ。

清次はとにかく風呂敷を広げると、さっと貸し出していた夜着を中に包み込む。目の端で見てみれば、おきのの客は若い武家のようであった。見目《みめ》は良いが覇気が無い。妙に深川の岡場所と、馴染んで見えた。

（へえ……お武家かぁ）

それが珍しいとは言わないが、深川の客には、お店《たな》勤めの者が多い。懐具合も時間も乏しい使用人達がやり繰りをして、ちょんの間《ま》遊びをする。それが深川の岡場所なのだ。

「清次さん、こちらはあたしの馴染みで、佐久間勝三郎《さくまかつさぶろう》様とおっしゃるの」

風呂敷を結んでいると、背後でおきのが口を開いた。

「ちょいと困りごとを抱えておいでてね、あたしはそういう悩みなら、清次さんに相談するのが一番だって、勝三郎様に言ったのよ」

清次に会いたいのなら、夜具を取りに来るのを待っていればいい。それで二人は部屋に残っていたのだという。

「困りごと？」

清次はすいと、片眉《かたまゆ》を上げた。武家からの頼みごとを聞くのは、初めてだ。

「そりゃあ出雲屋は、古道具屋兼損料屋ですからね。銭を払ってくれりゃあ、墓参りでも届け物など雑用でも、まあ手が空いている限り、ご相談にはのりますが」

「良かった。助かるわ、清次さん」

おきのは喜んだものの、話をするといっても、料理茶屋の割床にはいつまでもいられない。清次は思案顔になったあとで、こう切り出した。

「大きな夜着を抱えたままじゃあ、団子屋の店先で一服という訳にもいかない。お武家様がお嫌じゃなければ、一緒にうちの、出雲屋まで来て頂けませんかね」

出雲屋であれば、人の耳を気にせずに話ができる。勝三郎はあっさり、それで構わないと言った。武家といっても部屋住みの身、大仰な気遣いは無用とのことだ。

しかし身なりはきちんとしていたから、それなりの禄《ろく》をいただく家の者なのだろう。

清次は大きな夜着の塊を背負うと、先に立って茶屋の階段を下りた。おきのも出雲屋に顔を出すつもりらしく、勝三郎のあとを付いてくる。外に出れば、とうに明けた仲町の通りに、人の姿はあまりなかった。

（しかし損料屋に話とは、何なんだろうね）

考えてはみたものの、思いつくことはない。出雲屋は松梅屋から、さほど離れてはいない場所にあったので、大して歩くこともなかった。三人は程なく、間口三間、いたって地味な造りの損料屋に入っていった。

おきのは、きん太と名乗っていた元羽織芸者で、昔は身売りをしてはいなかった。しかし母親が体を壊し、常に側で様子をみる者が必要になった上、薬代がかさんだ。なるべく家にいて、かつ銭を稼ぐため、おきのは遊女となったのだ。仲町の裏長屋に住んで母の面倒をみながら、自前の〝呼び出し〟として客を取っている。

同じ遊女といっても、幕府が認めた公娼を置く吉原と、私娼が身を置く深川では、様々なことが違う。呼び名も働き方も、土地により差があるのだ。

深川の遊女は〝子供〟と呼ばれていて、それがまた二つのありように分かれている。一方は吉原のように、妓楼お抱えの遊女で〝伏玉《ふせだま》〟、もう一方は、子供屋から料理茶屋に出向く〝呼び出し〟であった。呼び出しの中には、自宅から茶屋に行き、枕席《ちんせき》に侍《はべ》る自前の者もいる。

そして数ある深川の岡場所の中でも、仲町には〝伏玉〟はおらず、〝呼び出し〟だけであった。遊女達は見番《けんばん》から呼ばれ、茶屋などの座敷に出る。自前の遊女も、呼び出されて茶屋に行くのは同じだ。

岡場所は、時を切って遊ぶのが原則で、一切りはふた時ほどだ。仲町の揚げ代は、昼夜各三十六匁、一切り銀十二匁。深川でも他の場所では、それが昼夜で六十匁だったり、金三分だったりで、遊ぶ場所で揚げ代も変わる。

一両＝四分＝十六朱＝六十匁＝四百疋《ぴき》＝四千文、一朱＝二百五十文、十五匁＝一分、百疋＝一分であった。

吉原ほどは高くも格式張ってもいない。しかし、夜鷹《よたか》や船饅頭《ふなまんじゅう》などを相手にするよりは、ややゆっくり遊ぶ客が多い。それが深川なのだ。

損料屋にとって、布団をはじめ色々と茶屋で使うものを借りてくれる遊女は、大事な客であった。しかしおきのが出雲屋に顔を出すのは珍しく、清次と一緒に店をやっている姉のお紅《こう》が、僅《わず》かに驚いた様子を見せた。

しかしお紅も商売をしている女であったから、すぐに笑みを浮かべ、二人を奥の間に通し茶を出す。勝三郎はふわりと優しげなその顔に、寸の間みとれていた。

「それで勝三郎様、お困りごととは何でございましょうか」

勝三郎の前に座った清次が、早々に切り出す。勝三郎は、細身で若くて闊達《かったつ》な感じがしたが、何故だか表情は暗い。しばし迷っているような素振りを見せたあとで、ようやく口にしたのは、驚くような言葉だった。

「実は大事な根付けが、足を生やし走って逃げてしまってね。そいつを捜して欲しい」

出雲屋の部屋の中が、一寸静まりかえった。

二

勝三郎は隅田川を渡った先にある、さる大名家の陪臣の子息だと、己を語った。次男で部屋住みなのだそうだ。身なりから、それなりの禄高の家の者だと知れたが、その割にはいささかくだけた口調だった。

「最近、私は婿入り話が決まったところでね」

三月程前、部屋住みの勝三郎に養子の話があったという。問題の根付けは、先方の蜂屋《はちや》家から勝三郎に贈られた品であった。それはそれは見事な出来の、鼠の形をした根付けだったという。

蜂屋家は先に嫡男を亡くしたのだが、その息子に渡されるはずの品だったらしい。大切な跡取りの印なのだ。

「蜂屋家へ婿に入るときには、そいつを持って行かなくてはならない」

故にここ暫《しばら》く、根付けは勝三郎の部屋に、大事にしまい込まれていた。

それがある日、盗まれてしまったのだ。

いや、表向きには盗みなど、なかったことになっている。取り戻す前に、蜂屋家に紛失が分かってしまっては、困る話であった。勿論《もちろん》、佐久間家の者は、盗人《ぬすっと》が根付けを持っていったと承知している。

「だがね、本当は、ただ盗まれたってえ話じゃないんだ。実は奇妙なことがあったのさ」

溜《た》め息をつくように言う。ただ一人、勝三郎だけが真実を目にしていたのだ。

大名屋敷の中にあって、佐久間家は定府《じょうふ》であったので、棟続きの長屋の一画ではあったが、平間に十間、二階に六間はある家をいただいていた。そこの北向きの一間で、ある日勝三郎が盗賊を見つけたのだ。

取り押さえようとすると、盗人は小刀を取り出し抵抗してきた。大立ち回りの末、やっと打ち据えて畳に押さえ込んだとき、勝三郎は見た。

「盗人は根付けの入った桐箱を持ち出していた。畳の上に転がったその箱から、突然大事の根付けが抜け出てきたのだ。そうして根付けは、まるで本物の鼠みたいに動き出したのだ」

足で畳の上に立つと、鼠の根付けは凄《すご》い勢いで、部屋から走り去った。寸の間、勝三郎は何も考えられなくなり、呆《ほう》けてしまった。

「根付けは、古い由緒のある品だそうだが……。いったい何が起こったのか、訳が分からなくてね」

考えている間に盗人は、勝三郎を振り払って逃げてしまった。勝三郎は、根付けを目の前で盗まれるとは何事と、親からも兄からも随分と叱責《しっせき》を受けることとなった。

それではと見たままのことを……根付けが己で走って逃げたと言ったら、捜す気がないための言い訳と取られて、益々《ますます》怒りをかった。言いつのれば、頭がおかしくなったと座《ざ》敷牢《しきろう》に入れられかねない。勝三郎は黙ったのだ。

「確かにねえ。そいつは、けぶな話で」

「とにかく大事な品をなくすなど、とんでもない失態だ。表沙汰《おもてざた》になったら、父上とて困った立場におかれることになる」

蜂屋家は、佐久間家より禄も身分も上だからだ。怪異よりもなによりも、そこが大事な点らしい。部屋住みの勝三郎は、屋敷の誰より時間がある。それでずっと根付けを捜し続けているのだが、見つけられない。

「くたびれたんで深川で一休みして、馴染《なじ》みのおきのにその話をしたんだ。そうしたら、おきのは貸本屋から借りた本の内に、奇妙な絵を見たことがあるという」

それは付喪神《つくもがみ》というものについて書かれた本であった。挿し絵に、その身から手足を出した、蓑草鞋《みのわらじ》や三味線《しゃみせん》が描かれていたという。

「器物は古くなると、別物になるのだって？　本によると、人に祟《たた》ることもあるそうだ」

『付喪神』

器物の怪で、生まれし後、百年の時を経て精霊を得るものがいる。もはやただの〝もの〟ではなく、物の怪《け》の名が付く妖《あやかし》だ。付喪神を名乗るものは数多《あまた》いるようであった。

「勝三郎様、ただの作り話ですよ」

「私は根付けが、その付喪神だったんじゃないかと思っているんだ」

しばしの間、部屋が静まりかえった。だがすぐに勝三郎はふっと笑った。

「まあよい。それに怪異が本当に存在しようと、しまいと、とにかくあの品は取り戻さねばならないのだ」

「なるほど。ところで勝三郎様、どうしてその不思議な根付けを捜すのに、当店へおいでになったんです？」

横からお紅がにっこりと笑って聞く。これに答えたのはおきのだった。

「ああ、あたしが勧めたんですよ。不可思議な品のことならこの店に限ると。深川じゃ、そういう噂ですからね」

すると、店内のどこぞから小さな声がした。

「……やれ馬鹿な遊女だ。知りもしないくせに……」

「何ぞ言ったか？」

「いいえぇ。勝三郎様には、何か聞こえたんですか？」

お紅が笑っている間に、清次がすっと立ち上がった。店奥《たなおく》の棚に近づくと、置いてあった木箱を、何故だかぱしりと手で叩《たた》いた。

「まあ、こんな奇妙な話を持ち込まれても、普通困るだろうが、この店ならば、話を聞いてくれるということだったのでな」

要するに、少々変わった品であるその根付けを、出雲屋の方で捜し出して欲しいということらしい。

「あれがどうでも必要なのだ。礼は、はずむ。よろしく頼む」

(付喪神になった根付けねえ……)

清次は眉《まゆ》を顰《ひそ》めた。そんなものをあっさり捜し出したら、出雲屋は奇妙なものと縁があると、噂が立ちかねない。

(おきのさんにも、妙な話を広めぬよう釘《くぎ》を刺しておかねば)

この根付け捜しの話、受けては拙《まず》かろうと思う。ところが、きっぱり断ろうとしたとき、ついとお紅が勝三郎の前に、にじり出た。その顔に強い思いが浮かんでいる。

「付喪神ですか。本来ならばそんな夢のような話に関わるのは、ごめんこうむるところですがね」

年下に見えるお紅に、はっきりと言われ、勝三郎がやや鼻白んだ。

「ですが……とは、その先があるのかな?」

「あの、出雲屋でも、もう随分と捜している品があるんですよ。臙脂《えんじ》と小豆《あずき》の間のような色で、草花の絵付けがしてある香炉です。銘を蘇芳《すおう》といいます」

これだけ捜しても見つからないのだから、武家の手にでも渡って、蔵の中にでも仕舞われているのかもしれない。勝三郎がその品の行方を気にかけてくれるのならば、こちらも根付けを捜しましょうと、お紅が言い出した。清次がその言葉を急いで止める。

「姉さん、また蘇芳の話を持ち出して！　商売と絡めたんじゃ、お客様だとてご迷惑ですよ」

「だって何とかしないと。蘇芳の行方は、一向に知れないじゃないか」

そこにおきのが口を挟む。

「おや、相変わらずお紅さんは、昔のお人にこだわっておいでか。清次さんも大変だねえ」

「それは、どういう意味ですかね？」

皆の声が尖《とが》ってきたところで、呆《あき》れたように笑う声が聞こえた。

「おいおい、色々話はありそうだが……私の目の前で言い合うことじゃないだろう」

勝三郎にそう言われ、三人は、はっと顔を見合わせる。

「い、いや、その、申し訳ない……」

「皆、色々な事情を抱えているものだな。蘇芳という銘の香炉だね。気にかけておこうよ」

そう優しく言われると、清次としても、どうにも仕事を断りにくい。きっぱりと返事が出来ぬ内に、勝三郎が、更に驚くような話を言い出した。

「実はあの根付け、前にも一度狙われたことがあるのだ。もう二月ほど前の話だ。深川で泊まった帰りの雨の中、道で突然、絡まれてな」

相手は武士であった。直ぐに剣呑《けんのん》な様子を見せたので、勝三郎は食い詰め浪人が、懐のものを狙ったのだと思っていた。

「まあ、それにしては身なりが良かったが」

しかし、雨の中で笠《かさ》を被《かぶ》っていたから、しかとは様子がしれない。薄気味悪く、振りきって帰ろうとしたら、斬りかかられたのだ。勝三郎が転ぶと、男はその機に刺そうとするより、根付けに手を伸ばしてきた。うまく逃げはしたが。

「その根付け、高直《こうじき》な物なんですか？」

清次が問い、お紅も目を見張っている。

「いや、木彫りの品だよ」

黄金や珊瑚《さんご》で出来ているわけではない。ただの根付けだ。

「養子縁組み先から貰《もら》った品だから、大切なんだ。盗んで売ろうとしても、由来すら語れないんじゃ、大した価もつかぬはずだ」

首を振っているところをみると、勝三郎には理由が推測出来ないのだろう。そのときから、根付けは部屋に置かれていた。そうしたら今度は、盗人《ぬすっと》に入り込まれたのだ。

「あの根付けは、もう二度狙われている。たまたまかもしれんが……捜すときには、気をつけてくれ」

清次はまだ、根付けを捜すとは言っていないのに、勝三郎は既に、そのつもりになっているようだ。姉弟二人に用心するよう言い置くと、用が済んだと思ったのだろう、立ち上がり、早く帰らなくてはと言い出す。

昨夜は深川に泊まってしまった。部屋住みの次男があまり勝手をすると、屋敷の者から文句が出るそうだ。お紅が苦笑した。

「お武家様も、なかなか大変でございますね」

「根付けには紫の組紐《くみひも》が付いている」

よろしく頼む頼むと言い、また来ると言い置くと、勝三郎は土間に降り足早に歩き去っていった。

三

続いておきのの帰る姿を見送った後、清次はちらりと店奥の棚を見た。

「それにしてもあの勝三郎様は……随分とあっさり、付喪神がこの世にいると信じたもんですよね」

付喪神を見たといっても、たったの一回だ。しかし帳場に入ったお紅は、清次の言葉に、首をちょいと傾げた。

「付喪神は並なものじゃないもの。一回見たら、忘れられやしないわよ、きっと」

どうもお紅は勝三郎に同情しているようであった。蘇芳を捜してくれると約束したかららしい。

「良い方よねぇ」

「姉さんは、蘇芳のことを何より先に考えるんだから。まったく……」

清次が溜《た》め息と共に、やや疲れたような声を出す。いつも、いつでもお紅はそうなのだ。

蘇芳は、お紅にとって特別なのであった。蘇芳故に、お紅は二十歳を越えた今も、独り身なのだろうと思う。

(姉さんは蘇芳にこだわっているんだ……)

清次は溜め息を呑《の》み込んで黙り込むと、夜着を包み直して奥へとしまい込み、それから店を開けた。お紅も帳場で、小銭の用意をしている。出雲屋で、やっといつもの商いが始まっていた。

すると暫《しばら》くして、まだ客もいない部屋内に、奇妙な声が流れ始めた。

「やれ、姉弟は変な話を引き受けることになったようだぞ」

「さっさと断らないから悪いのさね」

「誰が根付けの後を追うんだ？　知らぬぞ、知らぬぞ」

お紅と清次がさっと、目をあわせる。

(ああ、いつもの声が聞こえてきた)

出雲屋では、もう随分と前から、姉弟以外に口をきく者どもがいたのだ。

最初は空耳かと思い、その内に姉弟両方が、その声を耳にしていると分かった。声の主はどう考えても、商売物にしている古道具達であった。試しにこちらから話しかけてみたが、それには返答がない。しかもぴたりと会話を止めてしまう。静かにしていると、また話を始めるのだった。

出雲屋の古道具の中に、付喪神《つくもがみ》がいるのではないか。

清次とお紅は、ある日そう結論を出した。出雲屋にある道具の幾つかは、確かに時々口をきくのだ。

それで……一応迷った。その奇っ怪な品々を、どうするべきか。付喪神らしいとはいっても、大概は黙っているのだ。古道具屋兼損料屋が商う品として、困ることはない。そして、店の品物を捨てるなどという余裕は、今の出雲屋にはない。とにかく品物を貸さなくては、姉弟は日々、暮らしていくことが出来ないのであった。

よって姉弟は、品々の中に常ならぬ『付喪神』がいるかもしれぬと思っても……気にしないことにした。

だから今日も姉弟は、聞こえてきた声を無視し、黙って仕事を続けている。すると出雲屋の妙な品物達は、姉弟二人がいるのも構わず、せっせと根付けのことを話し始めた。

「歩く鼠の根付けだってよ。付喪神だってよ」

「付喪神の根付けを盗もうとした奴がいるよ。そいつは誰なのかね？」

今のところ分からないと答えた声は、煙管《キセル》の付喪神、五位《ごい》だ。雁首《がんくび》に鷺《さぎ》の絵が描かれているので、五位と呼ばれているらしい。掛け軸の月夜見《つくよみ》の声もする。もう長いこと聞いてきたので、姉弟には付喪神達の声の違いが分かってきていた。

「お紅は勝三郎を信じると言ったが、その理由がいただけないね。蘇芳を捜してくれるからでは」

　何をするにも蘇芳第一のお紅は、付喪神達のからかいの的になっていた。清次は思わず言葉を挟みそうになり、必死にそれを押しとどめた。とにかくこちらが静かにしていないと、付喪神達は黙ってしまうからだ。

「しかし不思議だわ。付喪神が人の前で動き出すなんて珍しい」

　こう話したのは、姫様人形のお姫で、なかなかに良き値で貸し出すことの出来る品だ。

「大体なんで根付けの付喪神は、持ち主である勝三郎様の目の前から、逃げ出したりしたのかしら？」

「分からねえのか、そりゃあ恐かったからだろうさ」

　泥棒と勝三郎が、部屋内で刃物を振り回していたのだ。手違いから真っ二つにされたら、付喪神としての生が終わりかねない。野鉄の意見に、櫛《くし》の付喪神うさぎが同意する。

「そりゃ、ありそうなことだわね。そしてその後は……」

「……どうしているかねえ」

根付けが逃げた先は、付喪神達にも分からないらしい。そのとき長火鉢の鉄瓶が湯気を噴き、その音で付喪神達の声が一旦《いったん》途切れる。そこに客が来たので、付喪神達は黙り込み、その日はそれきり、黙り込んでしまった。

だがお紅と清次は、仕事として根付け捜しを引き受けたのだから、捜すための話し合いをしない訳にはいかない。翌日も客が途切れた折を見計らって、店先で勝三郎の根付けの話を始めた。

「ねえ姉さん、いきなり根付けを捜すといっても、今のところ在《あ》り処《か》は見当も付かない。おまけに武家がその根付けを欲しがっていたという話もあります。引き受けたのは拙《まず》かったかな」

「なあに、清次は止めたいの？」

お紅が笑いを浮かべた。

「勝三郎様は、ちゃんと代金を払うと言われたんだよ。うちは損料屋なんだし、仕事はしなきゃ。それに清次、お前は知りたくないかい？　誰が何で根付けを狙ったのか、その理由をさ」

「それは確かに」

こうして勝三郎と知り合ってしまったからには、気にはなった。しかしそうは思っても、あてがある訳ではなく、ことは進まない。にもかかわらず清次の決断を聞くと、付喪神達は大いに根付けの話題で盛り上がった。

「あのお武家が根付けを取り戻し、無事に婿養子になれるか、興味が湧くよねえ」

うさぎの笑うような声が聞こえる。五位も続いた。

「わたしは勝三郎様が添う相手の娘が、器量よしかどうか知りたいね。そうすれば話のたねに、暫《しばら》くは困らないぞ」

「それは私も見てみたい。だけどさて、どうしたらいいものか」

その話を聞いたとき、品物の埃《ほこり》を払っていた清次は、手を止めしばし考え込んだ。いくらかしてにっと笑うと、向かいに座ったお紅にある提案をする。お紅が驚いた顔を浮かべた。

「勝三郎様のご実家、佐久間家が仕えている大名屋敷の内で、出雲屋の道具を貸し出すのかい？」

大名屋敷は広い。逃げた根付けがまだ中に留まっていることも、十分考えられた。道具を試しに使ってもらうとの口実で、損料屋の付喪神達を屋敷の者にただで貸すのだ。

「そうすれば屋敷内での噂を聞き、戻ってきて喋《しゃべ》るでしょう。勝三郎様に紹介してもらって、蜂屋様のお屋敷へも、付喪神を貸し出した方がいいですね。根付けが元いた屋敷に、帰っているかもしれないから」

話がおわると、二人はわざと黙った。すると直ぐに、付喪神達の不機嫌な声が店に満ちる。皆、噂話は好きだが、働きたくなぞないのだ。人に使われるなぞ真っ平な様子だ。

「我らを貸し出すつもりか！　そんな損料屋なんて、ろくでなしだよ」

「貸し出されているあいだに、品が壊されたらどうする気だ！」

月夜見や五位の声が渋い。そのときお紅が、独り言を言った。

「佐久間家や蜂屋家の中に入れたら、きっと面白い話が聞けるだろうね」

付喪神達の文句が一気に止んだ。皆、興味はあるのだ。しかし店のあちこちから、しょっちゅうぶつぶつ不平を言う声が聞こえてくるようになった。

「……しょうのない。ええい、面白くない」

ぎゃいぎゃいとうるさい。

「他の古道具屋も、こんなふうなのかね」

清次はこの素朴な疑問を、誰ぞに聞いてみたくてたまらなかったが、尋常のことではないから、口にはできない。答えはずっと分からずじまいであった。

四

翌日、おきのを介して早々に勝三郎に連絡をつけ、承知してもらった。後の話は早く、次の日の昼過ぎには、清次は荷物を抱え、佐久間家が仕える大名家の門をくぐった。さすがに迷いそうになるほど広い。根付けがいないかと、清次はあちこちに目を配りながら、家臣の住居がある長屋の一画にたどりついた。

大名屋敷の中には、定府《じょうふ》の侍達だけでなく、女達や、単身で江戸に来ている長屋住まいの侍達もいる。二日ほどはただで貸すと言うと、根付けや人形が、あっという間に皆の手に渡っていった。

(いいよ、考えた通りに事が運んでいる)

ところが。

上手《うま》く屋敷内に送り込みはしたものの、清次の思惑とは違い、付喪神達は誰もまともに根付けの行方を捜しはしなかったのだ。二日後、皆を店に連れ戻した後で、姉弟はその事実を思い知らされた。付喪神達は根付けより、勝三郎と、そのいざこざの方に興味津々だった。夜になり戸を閉《た》てた出雲屋の店内は、人ならぬ声に満ちていた。

「我は、勝三郎の兄の裕之助《ゆうのすけ》を見たぞ。顔は勝三郎よりも、おなごにもてそうな細面だった。だが、よりうるさそうに見えたな」

野鉄が生き生きと語っている。

「あら、あたしは勝三郎様の方が、良い男っぷりだと思うけどな」

お姫によると、佐久間家は二百石取りだそうだ。旗本ほどの禄高《ろくだか》だが、部屋住みが肩身が狭いのはどこも同じだろう。勝三郎の部屋は北向きの六畳間で、質素だった。根付けはそこに戻ってはいなかったが、そんなことは気にもせず、野鉄はお姫と兄弟のどちらが踏める面か、わいわい言い合っている。

そのとき五位がふうと息をついた。やっと根付けの話が聞けるかと思ったら、こちらもまた、大いに逸《そ》れたことを言い出す。

「二人よりもわたしの方が、面白いものを見たようだ。わたしは勝三郎様の養子縁組み先、蜂屋家へ行ったのだ。許嫁《いいなずけ》の早苗《さなえ》様も見てきたぞ」

「それは凄《すご》い」

「どんなおなごだった？　麗しくあったか？」

付喪神達《つくもがみ》の興味は、一気に早苗に向かう。齢《とし》は十六で、なかなかに綺麗《きれい》だったものの、闊達《かったつ》な勝三郎の相手としては、ちょいとばかり大人しすぎる感があるという。ただ、蜂屋家はぐっと裕福なのか、着ているものは見事でよく似合っていた。その言葉に、横からうさぎの笑い声が飛ぶ。

「全く、五位はどこを見てるんだか。大人しいなんてとんでもない。許婚がいるのに、他の男から文の使いが来ていたわよ。親に婚礼を待ってもらえぬかと、泣きついていたし。これでは婿になっても、勝三郎様は報われないでしょうねえ」

蜂屋早苗には恋しい相手がいるらしい。それを聞いた姉弟は、揃って目を見開いた。そのとき黙っていた月夜見が、初めて口を開く。

「早苗様が文をもらっても、あたしには仕方ないことだと思えたな。それは……さて、何故だと思う？　五位」

いきなり話が振られたせいか、店内が一寸《ちょつと》、静かになる。だが直ぐに五位が答えた。

「仕方ない、という月夜見の言い方が、ひっかかるね。つまり早苗様は別に男がいても、当然と思える立場だったのかな？」

そのとき、居間に座って付喪神達の話を聞いていた清次が、不意に膝《ひざ》をぽんと叩《たた》いた。一寸の間付喪神達が黙る。

「そうか根付けだ。あの品は、亡き蜂屋家の嫡男がもらうはずの品だったっけ」

蜂屋家の嫡男は、少し前に亡くなったに違いない！「あっ」と、お紅が声をあげた。

「早苗様は元々、お嫁に行くはずだったのね」

相手は婿に来られぬ立場の、嫡男なのだろう。跡取りが亡くなったので、仕方なく妹の許婚が、急きょ差し替えられたのだ。

「だが、男から未《いま》だに文が来るということは……元許婚は早苗様を気に入っていたはずだ。早苗様だとて新しい相手はいらぬと、思い詰めているかもしれない。だから……」

姉弟は顔を見合わせる。清次は厳しい顔つきになった。

「例えば金を積んで誰ぞに、鼠の根付けを盗ませようとしたのは、早苗様だったりして」

勝三郎がその品をなくしたとなれば、婚礼の約束は流れてしまうだろう。それを狙って、早苗が動いたのかもしれない。

「となると、早苗様の元許婚だとて、同じように怪しいわね。それに……」

お紅が思い出したように口を開いた。

「勝三郎様も婚礼話が嬉《うれ》しくない様子だった。あの方はおきのさんを、大層気に入っているみたいだし」

だが決まった勝三郎の許嫁は、早苗だった。

「勝三郎様が一芝居打って、知り人に根付けを盗ませたのかもしれないよ」

この考えには、清次が首を振る。

「そいつは無理な思いつきですよ、姉さん。部屋住みのままでは嫁はもらえない。ましてや相手が遊女では、今回の婚礼が流れたとしても、縁組みがまとまりはしませんよ」

この世には溜《た》め息が出るほど、都合の悪い組み合わせが多いらしい。勝三郎を深川で襲った武家だとて、早苗か、その元許婚の男の頼みで動いた知り合いの者と考えれば、納得がゆく。狙いは根付けで、勝三郎を本気で斬る気ではなかったのだろう。

清次とお紅が、顔を見合わせた。

「やれやれ。こう結論が出ると、もうこれ以上根付けを捜す気にもなれない。姉さん、勝三郎様に誰が根付けを盗《と》ろうとしていたか話して、ここまでということにしようか」

「だって清次、それじゃあ蘇芳は……」

「勝三郎様は優しそうだったし、どこかで蘇芳を見かけたら、店に知らせてくれますよ」

「だけど……だってさ……」

お紅が蘇芳の行方を心配して、おろおろしている様子を見ると、清次はいつも、奇妙な心持ちになってしまう。

姉が心配しているのが、香炉そのものではないことは、分かっている。どうしても会いたいのは、その持ち主の方なのだ。清次もよく知っているその男は、もう長いこと行方知れずだ。お紅にとって、香炉の行方を辿《たど》ることは、その男自身の行方を捜すことでもあった。

(香炉が見つかったとて、会える保証はない。姉さんだって分かっているはずだ。でも、それでも追わずにおられないんだね)

考えごとに囚《とら》われたまま、じっと畳を見続けていたらしい。気がつくと部屋の内で、声がしていた。今度は己の名が語られている。

「おや弟の方が考え込んでいるよ。清次らしくもない。具合でも悪いのかい？　それともまた誰かさんのことを思っていたのかな」

　きゃたきゃたと笑われ、何故だか顔が熱くなった。ちらりとお紅の方を見ると、こちらを向いてもいない。それだけのことだったのに、妙なくらい急に、付喪神が憎たらしくなった。

「おや、怒った顔つきになったよぅ」

「清次にも言われたくないことがあるのさ。特にお紅のことは……」

　清次は道具類の置いてある棚に歩み寄ると、野鉄の入った木箱を摑《つか》み、奥へ放り投げた。更に別の箱を摑んで捨てようとしたところへ、頭上からどっと木箱が降ってくる。それも投げ捨てた。蹴《け》り飛ばす。また落ちてくる。広くもない出雲屋の店《たな》表《おもて》があっという間に滅《め》茶《ちゃく》苦茶《ちゃ》になった。

「清次、何やっているの。止めなさい！」

　お紅の声を聞いても、清次は己の手を止められなかった。いつもなら物音一つで止まるはずの付喪神達の会話が、微《かす》かな声で続いていたからだ。

「馬鹿だよ」

「清次は大馬鹿だよ」

「貰《もら》いっ子が、どんな望みを持っているのやら」

更に清次の表情が険しくなる。

そのとき、清次の頬に平手打ちが飛んだ。きょとんとして立ちすくんだ清次の目の前に、お紅が表情を険しくして立っていた。

「清次！　商売物を投げたりして、店を潰《つぶ》す気なの？」

お紅はきっと横を向き、棚を睨《にら》む。今度こそ店が静かになった。お紅が草箒《くさぼうき》と雑巾《ぞうきん》を、弟の目の前に突き出す。

「棚も店表も綺麗になさい。ついでに他の商売物も、この際磨いておいてもらおうかしらね」

言われて、己が投げ捨てた木箱の山に目をやり、清次は寸の間呆然《ぼうぜん》とした。これではお紅が怒るのも無理はない。だが、思わず泣き言が口をついた。

「えーっ、全部磨くのかい。そいつぁ酷《ひど》い」

「お、や、り」

こうもきっぱり言われては、逆らえない。出雲屋はこの日、まれに見るほど清められ、磨き立てられたのだった。

とにかく清次は、根付けの一件には、幕を引くことにした。ところが話を終わらせようとしたとき、ひょいと当の鼠の根付けが出てきたのだ。

見つけたのは、なんとおきのであった。仲町で顔見知りの遊女が、客から貰っていたという。直接勝三郎に知らせると、清次が手間賃を取れなくなるかもしれないと、わざわざ出雲屋の方に知らせをくれた。

「おきのさんは、親切だねえ」

清次はおきのに礼を言ってから、持ち主の女に、商売物の櫛笄《くしこうがい》との交換を申し出た。鼠の根付けは男の使うものであったから、女は喜んで応じてくれた。

出雲屋に持ち帰り見てみれば、根付けは勝三郎が言った通り素晴らしい細工物で、本物の鼠のようだ。棚に置いた途端、店の内はじきに付喪神《つくもがみ》達の声でうるさくなった。すると、鼠の根付けまでも喋《しゃべ》り出す。歩いたという根付けは、やはり付喪神であったらしく、利休《りきゅう》と名乗った。

「勝三郎様のお部屋で賊に襲われたときは、恐かったです。勝三郎様と賊が、真剣を抜いておりました。壊されるかと思いました」

その声は、かわいらしいものだったが、皆から疑問が返る。

「勝三郎様が、一旦《いったん》は賊を捕らえたと聞いたぞ。なのに、そこまで恐かったのか？」

五位の問いに、利休が困ったように答える。言いたいことがあるのだが、うまく言葉に表せないようだ。

「勝三郎様は様子が変でした。お部屋に帰ってこられたとき、盗みを見つけたというのに、暫《しばら》く賊と見合ったままでした」

「……声を上げなかったのか？　すぐに捕まえようともしなかったと？」

「はい。たまたま顔を出した女中が、悲鳴を上げるまでは。その後、捕まえようとはなさいましたが、でも結局は取り逃がしてしまって。賊は我を持って逃げました」

お姫の声が戸惑いを含んでいた。

「えっ？　利休は己の足で逃げ出したんじゃなかったの？」

「いいえ。あの日は、ただの品物のようにしておりましたから」

賊は盗んだ利休を、金を借りていた岡場所の女にやった。それを、おきのが目に留めたのだ。

「じゃあ、どうして勝三郎様は、利休が走って逃げ出したなんて言ったのかしら？」

お姫が理由を聞いても、当の利休にも分からないのだから、どうにもならない。付喪神達が勝手な想像を口にしている部屋の中で、一人清次だけが何やら考え込んで、じっと鼠の根付けを見ていた。

不意に、清次がお紅に問う。

「なあ姉さん、つまりは根付けの利休か、勝三郎様のどちらかが、嘘をついているという話になるよね」

「うん……そうね」

お紅が頷《うなず》く。清次は、棚に置かれている根付けの利休を指さした。

「本当に良くできているよねえ。薄暗いところでこの鼠だけを見たら、私は本物だと思ったかもしれない」

もしかしたら勝三郎も、かつてそう思ったことがあったのではないだろうか。

「だから咄嗟《とっさ》に、鼠の根付けは盗まれたのではなく己で走って逃げたと、父や兄に嘘をついたのかも。盗人《ぬすっと》が根付けを持っていったとは、言いたくなくて……」

「盗人を庇《かば》ったってことかい？　どうして？」

お紅は首を傾げている。清次が長火鉢の灰の上に、人の名を書き始めた。お紅が側に寄って見ると、灰の上に書かれたのは、根付けに関わりのある人の名だった。

勝三郎、早苗、その元許婚《いいなずけ》、佐久間家の父、兄の裕之助、蜂屋家、それにおきの の名まである。その者達が勝三郎の婚礼と、どう関わったかを、二人で考えていった。

出雲屋の内で、沈黙は一層深くなっていった。

五

翌日、江戸の空は晴れ渡っていた。

からりとした空の色に、明るさが増してきている。深川の堀川端には材木が等間隔に並んで、美しい木肌を見せていた。

清次は朝早くに川向こうへ、用を足しに出かけていた。堀川端を帰ってくると、使いに持たせた文を読んだのだろう、勝三郎が店の奥の八畳間で待っていた。

「驚いたよ。鼠の根付けが、見つかったのだって？」

こちらは蘇芳という香炉の話を摑んでいないから、申し訳ないと勝三郎は言う。

「香炉が簡単に見つかるとは、思っておりません。勝三郎様、お気になさらず」

清次はにこりと笑うと、向かいに座り込んだ。お紅が茶を淹《い》れ替えて、二人の前に出す。清次は根付けが、岡場所の遊女の手に渡っていたことを説明した。

「おや、なんでそんなところに」

とにかく見つかって良かったと言うと、勝三郎は周りを見回した。部屋の内のどこにも、根付けらしいものは置いていない。根付けを見たいと言うと、清次が首を振った。

「ここにはもう、ありません」

「ない？　では今どこにあるんだい？」

「先程、蜂屋様のお屋敷に、佐久間勝三郎様からだと名乗って、届けて参りました」

婿に入るその日に、改めて蜂屋家より頂く形にしてもらいたい。そうすれば気持ちが改まり、蜂屋家の者となった自覚が出ると言って、預けたのだと説明する。先方は快く、その申し出を受けてくれた。

「なんと……勝手なことを……」

勝三郎は、目を見開いている。袴《はかま》をぐいと握りしめた手が、少しばかり震えているように見えた。

「うまいやり方でございましょう？　蜂屋家にあれば、紛失することも、根付けを狙って襲われることもありません。おや、どうしました？　何だかお顔つきが厳しい」

清次がにやりと笑う。

「根付けが見つかって、嬉《うれ》しくないんですか？　でも捜してくれと言ったのは、勝三郎様ですよ。まあ、こんな小さな損料屋ごときが、見つけるとは思ってなかったんでしょうが」

勝三郎は唇を嚙《か》み……だがすぐに顔つきを緩めた。

「思わせぶりな言い方だね、清次。何もかも分かっているような顔をしているが、本当かな？　話してみるかい？」

促されて、清次はちらりと部屋の隅に置かれた道具類を見た。勿論《もちろん》今は皆黙っている。それからお紅を見て頷き、口を開いた。

「根付けが狙われた第一の原因は、蜂屋家の嫡男が亡くなられたことにあるのでしょう」

許嫁の早苗に昔、別の許婚がいたことや、その男から未《いま》だに文が来ていることを告げたとき、勝三郎は清次がその事実を摑《つか》んでいることに、驚いた様子だった。しかしこれらの話は勝三郎も、既に心得ていた様子だ。そして勝三郎の婚礼の障害は、それだけではなかった。

「勝三郎様は盗人を見つけてからも、直ぐには騒がなかった。女中が悲鳴を上げるまで、黙っていました。どうしてでしょうか」

「おや、そうだったかな」

しらを切る勝三郎の声に、力がない。

「大名屋敷は広うございますけれど、上屋敷は話に聞く下屋敷ほど、庭ばかりじゃありませんでした。人も多く、賊が入り込むのは案外難しい。しかも金蔵や、女ばかりだという奥でなく、陪臣のお住まいの、部屋住みがいるような北向きの部屋に賊が入るなど、考えてみたら妙なことで」

誰かが手引きしたか、その家《や》の者が自ら盗んだか。どちらにせよ、家人が関わらねば起こる話ではなかった。

「そしてあの根付けは、下働きの者が盗んで売るほどの、高直《こうじき》な物ではないんですよね。勝三郎様の縁談を進めているご両親が、盗人に化ける訳もない」

残るは、ただ一人。

「根付け盗人は、兄上の裕之助様ですね？」

「これ清次、当家の者を盗人だと言うのか」

一寸、勝三郎の身から殺気が漂った。腰が浮きかける。部屋にぴりりと緊張が走り、棚が、微《かす》かに震え出す。

しかし……。

風のように怒気は去って消えた。勝三郎は腰を落とし、大きく溜《た》め息をつく。そのまま黙っているので、清次は言葉を続けた。

「勝三郎様を、本心から思うお方と添わせるために、兄上の裕之助様は、根付けを盗もうとなさったのですか？　根付けがなければ、今の縁談は壊れます」

この話を聞いて、ふっと勝三郎が笑った。何となく疲れたような笑みだった。清次の推察は見事に外れていたらしい。

「馬鹿馬鹿しい。兄上とて、いれば金のかかる私が家を出る日を、心待ちにしておられた。それに蜂屋家との縁談が破談になれば、佐久間家が思いきり困った立場に立たされる。そんな理由で……」

「では、何故に裕之助様は根付けを盗《と》ろうとなさったんですか？　勝三郎様はいつぞや、お武家に襲われた。そのお武家もきっと、兄上の知り人でしょう。勝三郎様の行き先を知らなければ、襲えませんからね」

問うと、勝三郎は顔を赤くして言いよどんだ。口元を強《こわ》ばらせている。それで清次が言葉を続けた。今度こそ結論であった。

「では兄上にとって問題だったのは、相手が裕福な、蜂屋家の家付き娘だということの方ですか。どちらの理由か迷いましたが」

言われた途端、勝三郎がさっと目を見開いた。じきに皮肉っぽい笑みが、口元に浮かんでくる。一つ息をつくと、今度は促さぬうちから続きを話し始めた。

「蜂屋家の禄《ろく》は四百五十石、佐久間家の倍以上だ。古い家柄でもある。兄上は、一段も二段も低く思っていた部屋住みの次男が、己よりも裕福で地位も高い家の主となることが……耐えられぬほど嫌だったのだろうさ」

根付けを盗み出せば、父親が面目を潰《つぶ》し家が困ると分かっていて、それでも裕之助は己を止められなかったのだ。

「実際、私の部屋に盗みに入ったのは、兄の友だったよ。兄が金を用立てていると、聞いたことがある。それで兄のために動いたのだろう」

勝三郎は一旦《いったん》話を切ると、ぐいっと冷めかけた茶を飲み干した。清次が問う。

「もう一つお聞きしたい。勝三郎様は取り押さえた賊の正体から、兄上の仕業と気づかれましたよね？　そして実際根付けを盗られたのに、兄上のことは、誰にも話したりしなかった」

それどころか最初は根付けが妖《あやかし》で、己で逃げたと言い出した。それが通らぬと、町人の出雲屋に捜索を任せ、己は手を引いてしまったのだ。まるで盗みをはたらいた兄を助けるために、動いたみたいだ。

「どうしてです？」

「おや、そこまでは分からなかったと？」

勝三郎が清次の方へ、ぐっと身を乗り出した。面白がっている様子であった。

「……勝三郎様、あなた様は今度の縁談、壊れても良いと思っておいででしょう？」

「ほう、ほう。弟を見下す兄を、見返してやる気はないと？　どうしてだ？」

「縁組みのお相手、早苗様は、元の許婚の方を見てばかりで、勝三郎様は蚊帳《かや》の外。兄上は弟の縁談に嫉妬《しっと》して根付けを盗もうとするし、お父上は佐久間家にとって良い婿入り先だと、勝三郎様そっちのけで話を決めてしまった」

目出度《めでた》い気分になぞ、なれない話だったろう。しかし養子の話を断れる立場でもない。そんな折に、根付けが盗まれたのだ。

「もう、どうにでもなれという気だったんじゃないですか？」

佐久間家も、蜂屋家も、裕之助も、早苗も、その元許婚《いいなずけ》も、みんなまとめて、大水にでも流してやりたかったのではないか。だから町人に捜索を頼み捜しているふりをして、その実、婚礼の日が来て事がどうにもならなくなるまで、事態を放っておくつもりだったのだ。

そうでしょうと念を押され、勝三郎が低く笑い出した。

「やれやれ、おきのもとんだ損料屋を紹介してくれたもんだ。本当に根付けを見つけるとは意外だったわ。おまけに根付けは蜂屋家に渡ってしまった。これからどうなるのかな」

　更に笑い続ける。その勝三郎の目の前の畳を、突然お紅がばしっと叩《たた》いた。

「なっ、何だっ」

「別に。損料屋が根付けを見つけたんですから、お約束のお支払いをして下さいな」

「本音を言えば、別に見つけて欲しくなぞ、なかったのだがな」

「ですってね。でもお支払いを」

　お紅が差し出した手に向かって、勝三郎が大きく溜め息をつく。さらにぶつぶつこぼしたが、勝三郎はやっと懐から財布を取り出した。それが余りに軽そうだったので、清次は思わず苦笑を浮かべてしまった。部屋住みとして、日々よほど質素な生活を送っていることが窺《うかが》われる軽さであった。

「勝三郎様、ちょいといいですか？」

「この上何だ、清次？」

　冴《さ》えない顔で、勝三郎はそっぽを向いている。これから親にも兄にも許嫁にも、対峙《たいじ》しなければならない。逃げられぬ明日が待っている。そのことを考えているのかもしれない。

「根付けを捜す途中で噂を聞いたのですが、早苗様の元許婚である方は、早々に別のお方と夫婦になられるようですよ。家の方で、決められたのでしょう」

勝三郎の顔が、清次の方を向いた。

「……だから？」

「綺麗《きれい》だと、言っておあげなさい」

「は？」

「早苗様ですよ。縁あって添われるのですから、それくらいは言うものです。男なんですからね」

びっくりして黙り込んだ勝三郎に、清次はぽんぽんと言いたいことを並べる。後ろの棚で木箱が、微かにことりと音を立てた。

「家に振り回されているのは、勝三郎様だけじゃあないんでね。なぁに、早苗様は本当に器量よしだから、心配はいらない」

言われてやっと、勝三郎は小さく「ああ」と言った。理由はどうあれ、早苗は許婚に去られた。惨《みじ》めに違いない女の気持ちを、勝三郎は初めて思いやったのかもしれない。

「皆そろって、ざまあなくも家名に縛られている。でも勝三郎様は、それを不満に思ったからって、家を捨てたりはしないんでしょう？　おきのさんに、手に手を取って逃げてくれと、頼んだことはないはずだ」

侍だから他のたつきは持たぬ、一人では生きられぬというのなら、家に伴うその重みをも、背負うしかないだろう。

「己だけでは家が重いというなら、二人で背負うのですね。そのための夫婦だ。案外二人でいれば、軽く思えるかもしれませんよ」

「……どうだろうね。頭で分かっても、気持ちがついてくるとは限らないからね」

唇の端を皮肉っぽく引き上げると、それでも勝三郎は姉弟に「世話になった」とひとこと言って出雲屋から出ていった。堀沿いを歩いて行く、何とも頼りなげなその後ろ姿を、お紅が目で追う。根付けの一件は、終わったのだ。

「さて無事に、早苗様と婚礼をされるのかしらね」

「兄上の裕之助様も、蜂屋家にまでは手を出されまい。とにかく傍目《はため》には、目出度いことになりますよ、きっと」

後のことは二人次第だ。清次の答えに、お紅がひょいと首を傾げた。

「今度のことは、お節介にも親切だったじゃないか、清次。どうしたんだい？」

「さてね。私にも分かりませんよ」

清次はそう答えて、商いに戻った。

だが夕刻、店が静かになると、また余分な声が出雲屋に響く。

「清次は今日、妙に優しかったね」

「男と女の、何とも込み入った話だからさね。清次は同情したんだよ。己も……ひっ」

清次は素早く棚に近づくと、根付けの木箱をひっつかんで、がつんと叩く。野鉄の話は途切れた。それを見たお紅が、渋い顔を浮かべた。

「清次、商売物は丁寧に扱ってと、いつも言っているでしょうに」

清次が奥へ逃げ込み店が静かになると、またぞろ付喪神《つくもがみ》達が、ぼそぼそ喋《しゃべ》り始める。

出雲屋の毎日といえば、いつもこんなものであった。


(角川文庫『つくもがみ貸します』に収録)

千両役者

西條奈加

西條奈加（さいじょう・なか）
1964年北海道生まれ。2005年『金春屋ゴメス』で第17回日本ファンタジーノベル大賞を受賞しデビュー。12年『涅槃の雪』で第18回中山義秀文学賞、15年『まるまるの毬』で第36回吉川英治文学新人賞を受賞。著書に『秋葉原先留交番ゆうれい付き』『隠居すごろく』『善人長屋』『せき越えぬ』『わかれ縁』『心淋し川』など多数。

梅雨明けを待って、「鱗《うろこ》や」では建具がいっせいにとり替えられた。

「何だか、見違えるようですね。襖《ふすま》ひとつで、こんなに変わるなんて」

襖に描かれた、目にさわやかな松の緑をながめて、お末はため息をついた。

男女の連れ込み客が多かっただけに、もとはどぎつい色の派手な襖が使われていた。おまけに何年も替えずにいたものだから、すっかり色が褪《あ》せ、まさに場末の岡場所のような有様だった。

若旦那《わかだんな》の八十八朗は、松の間には松を、楓《かえで》の間には楓と、それぞれの座敷の名に合わせて襖をえらび、また畳や障子もすべて新しいものに替えた。畳や襖は職人が入るが、障子紙の張り替えなぞは、使用人総出で行う。おかげで目のまわるような忙しさとなったが、鱗やが日に日に息を吹き返していくようで、お末にはそれがうれしくてならなかった。

「見違えたのは、あんたも一緒さ。明るい色目が、よく似合うじゃないか」

お末を上から下までながめて、お甲が言った。

「本当ですか？　こんな上等な着物、初めて着たんです。何だかあたしには不釣り合いみたいで、どうにも落ち着かなくて」

「案じることはないよ。若竹色が涼しげで、その襖の松にも劣らないよ」

お甲がめずらしく笑顔になって、お末は思わず見とれてしまった。新しい着物で見違えたのは、お甲の方だ。お末のものより少しばかり濃い苔色《こけいろ》が、すっきりとした姿に見せて、目鼻立ちの良さを、さらに引き立てている。

ほれぼれとながめていたお末の背中で、松模様の襖がいきなり開いた。

「またあんたたちは、こんなところで油を売って！　こっちは手が足りないんだ。さっさと手伝いにきておくれ！」

けんけんとまくし立てる、お継の小言は相変わらずだが、お甲はまんざら世辞でもなさそうな口調で言った。

「その江戸茶、本当にお継さんによく合うね」

「え……そ、そうかい？」

文句の当て所をなくしたように、たちまちお継の勢いが失《う》せる。

建具と同様に、八十八朗は女中の着物もすべて新しく仕立てさせた。細い縦縞《たてじま》の柄は一緒だが、色はさまざまで、各々《おのおの》の役目によって三色に分けられていた。客に接するお甲やお末は緑、お運びや下働きの女中には黄の色目が使われた。

女中頭のおくまには、地味だが格のありそうな濃茶の着物が用意され、そしてお継にもまた、おくまより少し薄い江戸茶の着物があてがわれた。

「やっぱりそういう格のある色は、女中頭とお継さんにしか着こなせないね」

「ま、まあ、皆の上に立つ者が、軽々しい色目じゃいけないってことだからさ」

「鱗やの内は、お継さんでもっていると、若旦那はよくわかっていなさるんだろうね」

八十八朗の意図を、正確に見抜いているお甲は、ここぞとばかりにお継を褒める。風貌《ふうぼう》も態度も刺々《とげとげ》しいお継には、客あしらいは任せられない。かと言って、下働きの黄色なぞ身につけさせれば、騒ぎ立てるのは目に見えている。そこで若旦那は、女中頭と同じ色調の着物を与え、お継の文句を封じ込めた。

接客を任されて以来、お甲やお末ばかりが引き立てられている。その不満をため込んでいたお継には、十分な慰めになった筈《はず》だ。

「本当に、とても粋《いき》に映りますよ、お継さん」と、お末は気持ちを込めて言った。

「嫌だね、あんたまで。ああ、こうしちゃいられないんだった。ここを終えたら、早く階下《した》へ降りてきておくれよ」

最前よりぐっとやわらいだ口調で告げて、お継はまた忙しそうに出ていった。

「当分は、これで凌《しの》げそうだね」と、お甲は口の端で笑った。

「お甲さん、あたし、ひとつだけ気がかりがあって」

二階の始末を終えて、ふたりで階段を降りながら、お末が言った。

「こんなにいちどきに新しくしたら、お金もいっぱいかかるでしょ？　大丈夫なんでしょうか？」

建具や使用人の着物だけでなく、八十八朗は床の間に飾る軸や花器などにも気を配り、また、料理の材や皿小鉢も吟味するようになった。以前にくらべ少しずつ客足は伸びてはいるが、まだまだ人気の料亭には遠く及ばない。なのに費《つい》えばかりが増えているようで、お末はどうにも不安でならなかった。

「そのあたりは、若旦那がうまく按配《あんばい》してなさるだろうが……それにしても、お末は本当にしっかり者だね」

「そう、ですか？」

「皆は新しい仕着せに喜んだだけで、金の工面を気にする者なぞ誰もいないよ」

十四の娘が店の金繰りを心配するのを、お甲は感心より先に、半ば驚いている。

「でも、毎年、年貢《ねんぐ》を納めるときに、おとっつぁんとおっかさんは先の賄《まかな》いに頭を悩ましてました。だからお店《たな》でも、やっぱり同じじゃないかと思って」

ふた親が考えていたのは、主に食べ物のことだ。たとえ米を作っていても、百姓はほとんど口にできない。畑でとれた芋や大根だけでは足りず、年貢をさし引いたわずかな米を売って、雑穀や豆を買わなければならない。農具や鍋釜《なべかま》の修繕も鍛冶《かじ》屋に頼む必要があり、講や祭の支度金など村に納める金も要る。お末の両親は何にどれだけ費やすか、その按配を話し合っていた。豊作の年はまだいいが、凶作となると、あらゆるものを切り詰めなければならず、そんな年はふたりの顔が暗かった。

「いまの鱗やは、決して豊作とはいえないでしょう？」

「なるほどね……若旦那がどうしてあんたに目をかけるのか、わかったような気がするよ」

そんなにめずらしいことだろうかと、思わずお甲を見上げたとき、

「買ったばかりの反物を、一切返してこいとはどういうことですか！」

帳場の方から尖《とが》った金切り声が響いた。階段下から、お甲が首だけを突き出してのぞく。

「お継さん……じゃないようだね」

「あれは、お内儀《かみ》さんですね。いったい、何があったんでしょう」

帳場の格子《こうし》の前に仁王立ちになっているのは、この家の内儀、お日出だった。

「おっかさん、落ち着いて。八十さんにだって、きっとわけが……」

内儀の後ろには娘のお鶴もいて、母親を必死でなだめている。

「離しなさい、お鶴！　女中たちには新しい着物をあてがって、私とお鶴にはお古を着ていろと、八十八朗はそう言っているのですよ！」

お末に横顔を見せている内儀のこめかみには、いくつも青筋が浮いている。日頃からにこやかとは縁遠いお日出だが、こんな形相は初めてだ。

内儀の目の前に、若旦那がいた。内儀の鋭い視線を浴びながら、微笑《ほほえ》んでいるような表情も、落ち着いた佇《たたず》まいも、常とまったく変わらない。

「お古などと、とんでもない。ほんの三月《みつき》前にも、呉服屋からたんと買ったばかりじゃありませんか」

「あれは夏のための着物です。秋に着られる筈がないでしょう！」

季節ごとに何枚も着物を仕立てるのは、お日出にとってはあたりまえだ。着物を替えれば、それに合う帯、さらには草履や櫛《くし》までも新調することになる。それは娘のお鶴も同じで、月に何度も母娘《おやこ》そろって買物に出かけていく。

着物の貯《たくわ》えなら、すでに十分過ぎるほどだと、八十八朗はよく承知していた。だが、いまさらそれを説いたところで、義母が納得する筈もない。散財するに足る理由が、お日出にはちゃんとあるからだ。

「すみません、お姑《かあ》さん。ですが、次の盆の掛取りは、畳や建具の手間賃だけで手いっぱいで。せめてそれが過ぎるまで、買物は控えていただけませんか？」

「お黙りなさい！　おまえにそのような指図をされる謂《いわ》れはありません。この店の主人は、おまえではないのですよ」

「はい。しかしお舅《とう》さんは、何かと忙しい身ですから」

八十八朗の物言いには、含みがあった。察したお日出のまなじりが、きりきりと吊《つ》り上がる。

「店も金繰りも、すべて私に任せると、お舅さんはそう仰《おつしや》って下さいました」

「だったら、うちの人の道楽を、とり上げるのが先でしょう！　もとを正せば、あのどうしようもない癖がいつまでも直らないから……」

「おっかさん、もうやめて！」

たまりかねたようにお鶴が叫び、お日出が、はっと我に返った。いつのまにか、女中から板場の者までが顔を出し、遠巻きに成り行きを見守っている。

興味津々《しんしん》の使用人たちを、ぎろりと一瞥《いちべつ》しながらも、さすがに内儀もばつが悪いようだ。

「勘違いしないで下さい、お姑さん。私はお姑さんの道楽を、奪うつもりはないのですよ」

「だったら、あの反物を……」

「あの反物に払う金を、お姑さんのもうひとつの道楽に、費やしてみませんか？」

「もうひとつ、というと……？」

合点がいかないようで、お日出は訝《いぶか》しげに婿《むこ》をながめた。

「芝居です」

言われたお日出が、あ、と口をあける。

この母娘の道楽は、買物三昧《ざんまい》にとどまらない。まるで家に居るのを惜しむように、催しや物見遊山《ゆさん》にせっせと足をはこび、中でも芝居見物にはもっとも熱を入れていた。

当然のことながら、枡席《ますせき》で見物するだけでは飽き足らず、贔屓《ひいき》の役者を見つけては、贈り物をしたり食事に招いたりと、それこそ糸目をつけず金を撒《ま》く。

お日出がいまいちばん贔屓にしているのは、園村座《そのむらざ》の小村伴之介《こむらばんのすけ》という若手役者だった。

立役《たちやく》をもっぱらとして、男っぷりの良さと切れのいい演技で、日ごとに人気が高まっている。若旦那は、その役者の名を出した。

「たしか、月に一度ほど、小村伴之介を招いての食事の会がありましたね？」

「え、ええ……贔屓筋が何人も集まって、深川の『亀喜《かめよし》』で行うのがしきたりで」

「それをうちで、この『鱗や』で、開いてもらいたいのです」

小村伴之介は食通としても有名で、味にはうるさいが舌はたしかだと評判をとっている。その人気役者が、もしも鱗やの料理を気に入ってくれれば、またとない宣伝になる。

若旦那はそう説いたが、お日出は鼻で笑った。

「あの方の舌を唸《うな》らせるだけの膳《ぜん》が、鱗やで出せる筈がないだろう？」

仮にも料理屋の内儀が、口にして良い台詞《せりふ》では決してないが、お日出の言い分ももっともだ。亀喜はここ十年ばかりで名を上げた、江戸では新しい部類に入る料理屋だが、味の良さばかりでなく、器のしつらえの美しさにも定評がある。

お日出が顔を出す会は、裕福な商家の内儀や娘ばかり十人ほどの顔ぶれで、日本橋の大店の油問屋、越前屋《えちぜんや》の内儀が世話役を引き受けている。越前屋は前々から亀喜のなじみで、小村伴之介もその味を大いに気に入っていた。伴之介の贔屓の会は、亀喜で開かれるのが慣例となっていると、お日出は婿にそう説いた。

「鱗やがどれほどの料理屋か、皆さんだって先刻承知していますよ。何より、世話役の越前屋さんの顔を潰《つぶ》すことになる。とてもそんな話は、持ち出せませんよ」

お日出は無下に断ったが、八十八朗は諦《あきら》めるつもりはないようだ。

「小村伴之介から良い評判が伝われば、客足は一気に伸びる筈です。そうなれば、お姑さんにもお鶴にも、いままで以上に買物に精を出していただけますよ」

八十八朗は、義母の勘所をしっかりと押さえていた。

お日出の小鼻がぴくりとし、娘のお鶴の目にも期待の色がのぞく。

「実はもうひとつ、思案がありましてね。それが当たれば、入る金は倍にも三倍にもなりましょう。これにも伴之介さまのお力添えが、ぜひとも入用で……あの反物の代金は、そちらに回したいのです」

八十八朗がその目論見《もくろみ》を告げると、お日出は目を丸くして、だが、まんざらでもなさそうな素振りを見せた。

「そう、だねえ……あちらさまにとっても、決して悪い話じゃないし」

「そうよ、伴さまに喜んでいただければ、これまでよりいっそう、近しくなれるかもしれないわ」

と、お鶴はすっかり乗り気のようだ。

「いかがです？　秋の着物を我慢するだけの値打は、十分にあると思いますよ」

「そうだねえ……」

迷っているのは上辺だけで、お日出の頭の中ではすでに、贔屓役者と睦《むつ》まじく語らう場面が描かれているのだろう。

越前屋の内儀には、何とか話をつけてみる。鱗やの内儀は、口許《くちもと》をゆるませながらそう請け合った。


「あと八日のうちに、亀喜と並ぶ品書きを考えろだ？　そいつは無茶だ、若旦那」

八十八朗の申し出を、板長の軍平は一蹴《いっしゅう》した。

お日出が騒ぎ立てた一件から、三日が過ぎている。

「下げ慣れない頭を、一生分も下げた」と、不満をこぼしながらも、お日出はどうにか越前屋の内儀を説き伏せて、次の会を鱗やで開く旨《むね》を承知させた。

その日のうちに八十八朗は、軍平に加え、接客役を務めるお甲とお末を座敷に呼んだ。

「亀喜と同じでは値《ねうち》がない。亀喜を越える膳を出し、小伴の舌をうならせるんだ」

小村伴之介は、千両役者と金貨の小判を引っかけて、小伴とも呼ばれている。

「ますますもって、無理な話だ。ひとりふたりの客ならまだしも、十二人ですぜ。膳を調《ととの》えるだけでも、いまの鱗やにはとてもできやしねえ」

けんもほろろの言いようだが、軍平のいかつい顔は、どこか悔しそうだ。

「昔の鱗やなら造作もなかったと、そういうことかい？」

「……いったい、何の話です、若旦那」

「暖簾《のれん》を上げたばかりの頃は、どこの料理屋にも負けない膳を出し、贔屓客で毎日にぎわっていた……お舅さんからそうきいたよ」

「あの旦那が？　まさか……」と、軍平が訝しげな目つきになる。

「前に酔ったとき、一度だけもらしていた。日頃は昔話など、なさらない方だがね」

日頃は恐《こわ》いばかりの軍平に、強い屈託が覗《のぞ》く。若旦那は気づかぬふうに、邪気のない笑顔で続けた。

「当時、評判をとっていた一品に、鰻茶碗《うなぎぢやわん》というものがあったんだろう？　それを拵《こしら》えてもらえないか」

「いや、あれは……！」

軍平のいかついからだが、びくりとはねて、追い詰められた兎《うさぎ》のように縮こまった。

「あれは、できねえ……あっしには、できやせん」

「どうしてだい？」

「鰻茶碗は、前の板長しか作れなかった。あっしには、とても……」

「そうか……まあ、二十年より前の話だというから、仕方なかろうが」

残念そうなため息をついた若旦那の前で、軍平はうなだれている。怒鳴るのが仕事のような板長が、しょんぼりとしているのが見ていられなくて、お末はつい口をはさんでいた。

「あのう……鰻茶碗というのは、どんなお料理なんですか？」

「私もお舅さんから、ちらりと伺っただけなのだが、鰻を入れた茶碗蒸しのようだね」

「鰻の茶碗蒸しですか。おいしそうですね」

鰻なら、お末は一度だけ食べたことがある。女中頭のおくまの好物で、前にいっぺんだけ下の女中たちにも蒲焼《かばやき》をふるまってくれた。甘辛い味に、舌の上でとろけるような魚の脂《あぶら》がからまって、口に含んだだけで何とも幸せな気持ちになった。

茶碗蒸しの方はあいにくと縁がないけれど、どんなものかは知っている。鱗やでは滅多にお目にかからないが、客の求めに応じて出すことがあったからだ。

ふわっとした鰻と、なめらかな卵が合わさると、どんな味になるのだろう。考えるだけで、舌がとろけてきそうだ。口の中にたまった生唾《なまつば》を、お末はごくんと飲んだ。

「軍平さんなら、できるんじゃないのかい？」

それまで、ずっと黙っていたお甲が、初めて口を開いた。

「その鰻茶碗を、食べたことがあるんだろ？　それなら……」

「駄目だ！　あれはおれなんかが、こさえていい代物《しろもの》じゃねえ！」

襖を震わすような、大声だった。鰻茶碗は軍平にとって、単なる料理ではないのだと、お末にさえ察せられた。だがお甲は少しも怯《ひる》まず、二十近くも歳上《としうえ》の板長に、喧嘩《けんか》をふっかけるような真似《まね》をした。

「らしくないんじゃありませんか。何を怖がっているのか知れないけれど、そうやって一生、鰻茶碗から逃げるつもりですか」

「誰が、何を怖がってるだと！」

「尻尾《しっぽ》を巻いて逃げ出したいと、ほら、その顔にちゃんと書いてある。たかが鰻の入った茶碗蒸しじゃないか」

「たかがだと！　何も知らねえくせに、勝手なことを抜かすんじゃねえ！　あの鰻茶碗はな、本店《ほんだな》の大事な……」

「本店？」

お甲とお末が、同時に声を上げた。不思議そうに見上げるお末のあどけない表情に、たちまち軍平が、きまりの悪そうな顔をする。

「と、ともかくな、鰻茶碗はこの鱗やにとって大事な碗なんだよ」

「だったらなおさら、軍平さんが作るのが道理じゃないか」

「このアマ……いい加減にしねえと、たとえ女でもただじゃおかねえぞ！」

「この鱗やの板長は、あんたじゃないか！」

ふたたび襖が震えたように、お末にはそう感じられた。軍平の大声ならいつものことで、誰もが慣れっこになっている。だが、お甲のこんな声も、そしてこんな顔も、初めてだ。

半分眠っているみたいに、いつもけだるそうな風情《ふぜい》で、お甲が何かに必死になる姿なぞ、思いもよらなかった。興奮のあまり、お甲の頬はほんのりと染まっている。もともと見目のよい容姿だが、いままでいちばんきれいに見えた。

そおっと板長を見上げてみると、言い返す言葉がどうしても見つからないのだろう。己の娘でも通りそうな女中を前に、口をぱくぱくさせている。

「これは勝負ありましたね、板長。お甲さんの言うとおりですよ」

「若旦那……」

「鰻茶碗、作っていただけますね?」

情けない顔を向けた軍平に、若旦那はにっこりと告げた。

「……茶碗蒸しなんて、夏場の膳に出すようなものじゃ……」

「でも、お客さんは、ほとんどが女の方です。いくら暑くとも冷たいものばかりでは、お腹《なか》が冷えちまうと思います」

「いいところに気がついたね、お末。それに鰻茶碗は年中出していたそうだから、何も障《さわ》りはないだろうし」

往生際《おうじょうぎわ》の悪い板長に、若旦那が駄目を押す。

「わかったよ、やりゃあいいんだろ、やりゃあ。断っとくが、どんな代物になっても知らねえからな」

「板長の腕は、信じているよ」

と、若旦那は、鰻茶碗を中心に夏の膳の品書きをこしらえるよう、板長に言った。

「ああ、それともうひとつ。料理には落花生は使わぬように。実はもちろんのこと、油も使ってはいけないよ」

「へい……そいつは、構いやせんが」

軍平は、合点のゆかない顔でうなずいた。


六月末のその日は、あいにくの曇り空だった。湿った暑気は、息さえふさいでしまいそうに重苦しく立ち込めていたが、鱗やの内は、人気役者を迎える興奮に満ちていた。

「本日は暑い中お運びいただき、ありがとうございました」

客を出迎えた若旦那は、そこだけ涼風が吹いているような、ひときわ涼しげな居住いだ。

「どんな料理が出てくるか、今日は楽しみにしてきたんだ。世話になりやすぜ、鱗やさん」

最初に暖簾をくぐった男が、短い挨拶《あいさつ》を返す。役者には甘ったるいしゃべり方をする者も多いが、男伊達《おとこだて》で鳴らした小村伴之介は、姿も口調もすっきりしていた。

小柄なからだは、舞台の上では小気味よく踊り、目には人を逸《そ》らさぬ力がある。役者ならではの、独特の華やかな魅力は、すれ違った誰もがふり返るに違いない。

若旦那の後ろには、内儀のお日出と娘のお鶴が、膝《ひざ》をそろえていた。

「こんなむさくるしいところで、申し訳ございませんねえ。亀喜さんと違って、うちは三流の料理屋ですから、とてもあれほどのおもてなしはできそうにありませんが、せめてゆっくりとくつろいで下さいましね」

お日出が何とも余計な口上を述べる。へりくだっているつもりだろうが、卑屈以外の何物でもなく、役者のすぐ後ろにいた女がむっつりと応じた。

「鱗やさんがどうしてもと言うから、わざわざ場所を移したというのに、初めからその調子では困りますよ。何ならここからまっすぐ、亀喜に行ってもいいんですよ」

大柄な肥えた女は、歳はお日出と同じくらいだろう。贅《ぜい》を尽くした装《よそお》いをさらに前に押し出すような、横柄《おうへい》な構えだ。

気圧《けお》されたように、お日出が小さくなると、すかさず若旦那が口を開いた。

「越前屋のお内儀でいらっしゃいますね。姑《はは》と妻が、いつもお世話になっております」

「あ、あら、いいえ、こちらこそ」

若旦那に極上の笑みを向けられて、内儀がころりと態度を変える。

「小村さまと皆さまに、ぜひお越しいただきたいと、私が姑に無理を申しました。本日はあいにくと主人が出ておりますが、代わりに私が皆さまのお傍で、精一杯おもてなしさせていただきますので、どうかご容赦下さいませ」

「まあ、若旦那自ら。それは楽しみですわね」

大人同士のやりとりが続くあいだ、お末は脇《わき》に下がったところから、ずっと小村伴之介をながめていた。役者をまのあたりにするのは初めてで、ついつい目が張りついてしまう。

視線に気づいたものか、ひょいと伴之介がお末に首をふり向けた。

「へえ、こんなかわいらしい仲居がいるのかい」

にこりとしたとたん、顔いっぱいに愛嬌《あいきょう》が広がる。お末はあわてて頭を下げた。

「今日は私とともに、このふたりが皆さまのお世話をさせていただきます。お甲、お末、お客さまを座敷へお通ししなさい」

お甲が先に立ち、伴之介と越前屋の内儀を奥へ促す。その後ろから、次々と着飾った女たちが現れて、そのあまりの華やかさは、目が眩《くら》みそうなほどだ。このような会に出る以上、内儀母娘の衣装代が嵩《かさ》むのも無理はないと、お末はひそかに納得した。

十二人の客は、松の間と月の間の境をとり外した広間へと通された。鱗やでもっとも眺めが良く、開け放された窓からは、蓮《はす》の葉を敷き詰めたような不忍池《しのばずのいけ》が見渡せる。

各々の店の格や大きさ、あるいは年齢で席次が決まっているようで、上座に座した役者の隣には、越前屋の内儀が当然のように場所を占める。お鶴と似た年恰好《かっこう》の、若い内儀も何人かいて、ほとんどが下座の側についた。今日はもてなす側のお日出とお鶴は、いちばん末席にいる。お鶴の向かい側から、若い内儀のひとりが声をかけた。

「ねえ、お鶴さん、あのことはちゃんと、板場に伝えて下さったかしら」

一同の中ではとび抜けて器量が良く、その容姿を十分に引き立てる、華やかな着物をまとっている。塗物問屋、槙《まき》屋《や》の若内儀で、お日出が娘に代わり愛想笑いを返す。

「大丈夫ですよ、お江与《えよ》さん。落花生は入れぬようにと、ちゃあんと釘《くぎ》をさしましたから。そうだろう、お末？」

おまえが責めを負うところだと言わんばかりに、お日出がにらみつける。

「はい、板長に通してあります」と、お末は短くこたえた。

槙屋の内儀は、大げさに安堵《あんど》の息をついた。

「ああ、良かった。あんな辛《つら》い思い、もう二度とご免だもの。落花生がいけないとわかるまで、幾度も死にそうな目にあったんですよ」

人によっては、ある食べ物が毒になることがある。最初にきいたときは、お末はひどくびっくりした。卵や魚貝などには多く見られるが、稀《まれ》に蕎麦《そば》や落花生でもあたる者がいると、若旦那は話してくれた。槙屋の若内儀お江与は、落花生にあたる体質《たち》で、若旦那が軍平に指示したのもそのためだった。

「たしか、四年くらい前だったかしら。前にあたったときは、ひどかったものね。それはたいそうな苦しみようで、見ていられなかったわ」

お江与の隣にいる内儀が、そう応じた。槙屋の内儀とは対極に、容姿も身なりもいたって地味だが、同じ年頃で親しい間柄のようだ。槙屋とは近所になる、甲野屋《こうのや》の内儀でおすみといった。

囲む会とは言っても、越前屋の内儀がよほどにらみをきかせているのだろう。役者と言葉を交わせるのは、上座の側にいるほんの数人で、きこえるのは隣に張り着いた越前屋の内儀の声ばかりだ。

それでも、人気役者を間近で拝める機会なぞ滅多にない。下座にいる若い内儀たちにとっては十分なようで、ちらちらと伴之介をながめながら、にぎやかに話に興じている。

主賓と世話役の内儀には、若旦那が張りついて、中の数人をお甲が受け持つ。お末には、下座にいる客が任されていた。

どうか軍平の料理を気に入ってくれますようにと祈りながら、お末は最初の椀《わん》を配してまわった。


「へえ、鮎《あゆ》を汁に使うとは。こいつはめずらしいな」

ひと品目の汁が運ばれてくると、小村伴之介はうれしそうな声を上げた。

本膳料理は飯と汁に重きが置かれ、一度に配膳されるが、会席料理は酒のための料理だ。初めから酒が出て、その進み具合を計るようにして、一品ずつ供される。

食事の口開けとなる汁には、鮎の清《す》ましが出された。ずいきの白と木の芽の緑に、清々《すがすが》しい鮎の色が映える。ひと口すすった伴之介は、うん、と満足そうにうなずいた。

向付にはスズキの昆布締め、岩茸《いわたけ》、キュウリとネギの膾《なます》と、酒肴《しゅこう》に似合いの品がならぶ。

小村伴之介は、猪口《ちょこ》をぐいぐいあけながら、ひとつひとつの料理をていねいに味わっている。青紫蘇《あおじそ》を巻いた鶉肉《うずらにく》の椀に、蓼酢《たです》を添えたヤマメの焼物と続いたが、

「お、これは旨《うめ》えじゃねえか」

伴之介が特に気に入ったのは、その次に強肴《しいざかな》として出された一品だった。鰯《いわし》と野菜を、唐辛子とからし酢味噌《すみそ》で和《あ》えた鰯の鉄砲和えに、しきりと箸《はし》が進む。

「会席ってのは、酒の肴だろう？　おれはこういう、きりりとした味が好きでね」

「お気に召していただけて、ようございました」

伴之介と越前屋の内儀のあいだ、一歩下がったところに座した若旦那は、にこやかに応じて、ふたりの猪口に酒を注いだ。

「小村さま、もし、うちの料理を気に入っていただけたのなら……」

「苗字《みょうじ》で呼ばれるのは、どうも好かなくてな。伴之介でいいぜ。で、何だい？」

「はい。では、改めまして伴之介さま……もし、うちの味が伴之介さまの舌に合うようでしたら、どうぞこれからも贔屓にしていただけませんか？」

問われた伴之介ではなく、越前屋の内儀の肉づきのいい頬が、ぴくりとした。すぐに気づいた八十八朗が、すかさず言葉を添える。

「もちろん私どもなど、亀喜さんにはまだまだ遠く及びません。こちらの皆さまの集まりは、これまで通りあちらさまで催していただいた方がようございましょう」

内儀があからさまにほっとした顔になり、二重の顎《あご》をうなずかせた。

「伴之介さまの気が向いたときにでも、足を運んでいただけるとうれしゅうございます」

「それだけかい？」

伴之介は、首を回して八十八朗をふり向いた。

「鱗やの若旦那さんの腹の内には、別の目算があるんじゃねえのかい？」

口許にはからかうような笑みを乗せ、だが、探るような視線を注ぐ。八十八朗の端整な顔に、めずらしく困惑の色が浮いた。

「鱗やのお内儀さんは、そんな口ぶりだったがね。違うのかい？」

「なるほど、姑《はは》が余計なことを申しましたか」

困ったものだと言いたげに、下座で大口をあけて笑う義母を、ちらりと一瞥する。

次の会は鱗やでとり行われる。この朗報を、一刻も早く贔屓役者に伝えたかったのだろう。越前屋の内儀を口説き落としたその足で、お日出は園村座の楽屋を訪ねていた。

「鱗やのお内儀さんが、そんな出しゃばった真似をするなんて……私はからだがあかなくて、店の者に言付を頼んだだけで済ませたというのに」と、内儀はたちまち血相を変えた。

「申し訳ございません」と八十八朗が、代わって頭を下げた。

それでも腹立ちの収まらないようすの内儀を、まあまあと制して、伴之介は先を続けた。

「そのときに、ここのお内儀さんがちらりと漏らしていたんだよ。この店とおれと、両方の儲《もう》けになる、とびきり面白い趣向があるとね」

お日出はさも勿体《もったい》をつけて、それが何かとは明かさなかったが、いかにも意味深長な口ぶりで、贔屓役者に散々気を持たせたようだ。

「まあ！　図々《ずうずう》しいにも程があります。贔屓としてはまだまだ新参の分際で、そのようないやらしい話を持ちかけるなんて！」

「お怒りはごもっとも……私も、この席で持ち出すつもりはありませんでした。いや、正直これは参りました」

初めて訪れた店の宣伝に、ひと役買ってほしいと頼むのは、あまりにも礼を失する。何よりも、相手にとって気分が悪い。役者の人気のおこぼれに与《あず》かろうとする輩《やから》は多いが、算盤《そろばん》をはじく音がきこえるようでは興醒《きょうざ》めもしよう。

八十八朗は今日の会をきっかけに、何度か鱗やに通ってもらい、互いに気心が知れたあたりでその目論見を打ち明けて、役者の了承をとりつけるつもりでいた。しかしせっかくの胸算用も、お日出のおかげで台無しだ。これはもう諦めるよりほかはないと、八十八朗は肩を落とした。

「さぞかしお気を悪くなされたことでしょう。どうぞこの話はなかったことに……」

「そう、しょげることはないやな。要はこっちの耳に入るのが、早いか遅いかの違いだろ？　いい話なら、早いに越したことはねえ。面白い趣向ってのは、いったい何だい？」

幸いなことに、小村伴之介は度量の広い男だった。いかにも楽しみなようすで、八十八朗にせっついて、その重い口を開かせた。

「実は……当店はこの冬でまる二十五年を数えるのですが……」

「へえ、ここはそんなに古いのかい」

「はい。それを祝して、お客さまに手拭《てぬぐい》をお配りするつもりでおります。その手拭の柄に、伴之介さまの小伴格子を使わせていただきたいと、そうお願いするつもりでおりました」

「なあるほど、そういうことかい」

合点したように、伴之介が深くうなずいた。

役者柄、あるいは役者文様と呼ばれるものは、巷《ちまた》でもてはやされていた。

役者の名や縁の深いものなどを模様にしたもので、柄を文字に見立てて読ませる、いわゆる判じ物が多い。

格子の中に四枚の文銭と千の文字が交互に配される、小伴格子と呼ばれる柄は、銭四千枚が一両小判になることから、伴之介の通称である小伴を表していた。

「祝事に花を添えるというなら、使ってくれても構わねえぜ」

あまりにあっさりと告げられて、八十八朗がぽかんとする。

「伴さま、そんな迂闊《うかつ》なことを！　小伴格子の手拭は、高松屋《たかまつや》の商い物ではありませんか」

越前屋の内儀が、悲鳴を上げる。高松屋とは、伴之介の家が営んでいる小間物屋だった。

金にゆとりのある役者が、表通りに店を構えるのはあたりまえで、化粧《けわい》屋や小間物屋など、役者にちなんだ商いが多い。役者を屋号で呼ぶのもそれ故《ゆえ》で、芝居の最中に客からかかる声も、屋号が叫ばれる。

小村の家は代々役者を生業《なりわい》としており、高松屋も何代か前の伴之介が開いたものだ。

当代の伴之介は、こだわりのない口調で越前屋の内儀をなだめた。

「そう、めくじらを立てなさんな。小伴格子はたしかにうちの柄だが、こちらさんもただでくれと言ってるわけじゃない。そうだろう、若旦那？」

「はい、もちろん、相応のものは仕度させていただきます」

「それならうちにとっても商売にならあな」

金の話をしていても、ちっともいやらしくきこえない。さっぱりとした気性は、生来のものなのだろう。伴之介は、やはり歯切れのいい調子でひとつだけ釘をさした。

「ただし、おれがここの料理を気に入らなけりゃ、お話にならねえ。料理はまだ半ばだからな、終《しま》いまで気ぃ抜いてもらっちゃ困りやすぜ」

「もちろんです。締めの菓子まで、じっくりとご吟味下さいませ。次の料理は、うちが看板とするつもりのひと品です。ぜひ味見していただいて、はばかりのない評をお願いいたします」

「ほう、そいつは楽しみだ。よろしく頼むぜ、若旦那」

どうにか首の皮一枚のところで繋《つな》がったようだ。ほっと息をついた八十八朗は、下座のお末に声をかけた。

「板長さん、鰻茶碗をいただきにあがりました」

お末が板場に声をかけると、いつにも増して真剣な面持ちの軍平が、ふたつの大《おお》蒸籠《せいろ》の前に立っていた。

「いまあがる、待ってな」

ふり向きもせず、片方ずつ蒸籠を持ち上げて、火から外した。

ふたをとると、真っ白な湯気とともに、甘いにおいが板場中に広がった。軍平が出来をたしかめるために、茶碗のふたをあけた。

「わあ、おいしそう！」

つやつやとなめらかな薄黄色から、真ん中だけ蒲焼の茶色が顔を出す。そのまわりを、ミョウガの薄い紅が囲んでいた。鰻の蒲焼と椎茸《しいたけ》、卵出汁《だし》は一緒だが、その他の具は季節によって変わる。夏はミョウガと新蓮根《れんこん》のさっぱりとしたとり合わせで、薬味として針生姜《しょうが》と山椒《さんしょう》が添えられた。

思わず腹が鳴りそうになるのをこらえ、お末は若旦那からの言伝《ことづて》を告げた。

「ひとつだけ、味を変えたものがあるときさました。間違えてはいけないから、ちゃんとたしかめてお運びするようにと」

「ああ、それでおめえが来たのかい。ほら、これだ。さっきお甲を通して若旦那から言われてな、まったく面倒ばかり頼むお人だぜ」

板場から座敷の外まで料理を運ぶのは、黄色い縞を着た女中たちの役目だ。だが、鰻茶碗だけは、お末も一緒に板場へ行ってたしかめるようにと告げられていた。

ぼやきながらも、軍平の顔にはたしかな手応《てごた》えが感じられる。出来は決して悪くないようだ。

こんなに上手にできるのに、どうしてあれほどまでに板長は、鰻茶碗を作ることを嫌がったのだろう。改めて不思議に思えて、知らずに言葉が口をついていた。

「これなら先代の板長さんも、きっと喜んで下さいますね」

ひときわ険しい板長の顔が、お末をふり向いた。怒鳴られる、とお末は思わず身をすくませたが、しかし雷は落ちなかった。

「喜んでなぞ、くれるものか。これまで鱗やの名を、汚《けが》すような真似をしてきたんだ。そんなおれが、先代の大事な料理を拵えるなんて、やっぱりしてはいけねぇことだ」

決して腕に自信がなかったわけでなく、軍平は、いい加減な仕事をしてきた己の来《こ》し方を恥じていたのだ。お甲はおそらく、その気持ちを見抜いていたのだろう。だからこそ、あんなふうに発破《はっぱ》をかけた。

「そんなこと、ありません！」

己でも思いがけないほど、大きな声が出た。

「だって、お客さんは、喜んでいます。鮎の吸物も、鰯の鉄砲和えも、とても美味《おい》しいと喜んでくれました。この鰻茶碗をお客さんが気に入ってくれたなら、前の板長さんだって、やっぱりうれしいに決まっています」

「……そう、か」

お末の勢いに気圧されたのか、毒気を抜かれた顔で、軍平が呟《つぶや》いた。

こちらをじっと見つめる目から逃れるように、くるりと背中を向ける。

「せっかくの鰻茶碗が冷めちまう。無駄口を叩《たた》いてねぇで、さっさと運びな。別あつらえの茶碗を、間違えるんじゃねぇぞ」

ぶっきらぼうだがその声は、いつもよりぐっとやわらいできこえた。

軍平が示した蒸し茶碗を、間違えぬよう盆の右上に置いて、他にもう五つ茶碗を載せた。もうひとりの女中が、残りの六つを引き受ける。

お末と女中が階段を上がったところで、廊下の中ほどの襖《ふすま》があいた。

「ああ、次の料理が来ちまったか。ちょいと間が悪いが、手早く済ませてくるからな」

小村伴之介は、お末の盆をのぞき込み、苦笑いをこぼした。厠《かわや》に行こうとしていたらしく、場所をたずねて階下へ降りていった。

「この右上が、別あつらえの碗です」

盆を渡してそう告げると、お甲は黙ってうなずいて、その茶碗を役者の膳に載せた。

お運びの女中の盆はお末の手に渡り、下座の客たちに配られる。

美貌のきわだつ槙屋の内儀、お江与の膳に、茶碗蒸しを置こうとしたときだった。

お江与が隣席の甲野屋の内儀に、こそりと何か耳打ちした。酒のせいだろうか、頬がほんのり上気して見える。

「そういえば、頼んでおいたものはどうなって、おすみさん？」

「ええ、ちゃんと買えたのだけれど、帰りがけに立ち寄った叔母の家に、お江与さんの分を忘れてきてしまったの」

「まあ、そうなの？」と、お江与が目に見えてがっかりする。

「さっき一度使ってしまったのだけれど、良ければ私のをどうぞ。初日につけていないなんて、伴之介さまに顔が立たないでしょう？」

ふたりのやりとりが終わるまで、お末はその場で待っていた。甲野屋のおすみから、朱塗りの短冊《たんざく》のような、薄く平たいものがお江与の手に渡された。短冊の長さは、お末の人差し指くらい、ごく小さな漆塗りの木札に見える。朱色の表には、藤《ふじ》をふたつならべて丸くした、金色の上がり藤が、蛍の灯りのようにいくつも散らされていた。

お江与はそれをうれしそうに受けとると、席を立ち、座敷を出ていった。

「こちらの方は、すぐお戻りになられますか？」

「ええ、少しのあいだ中座しただけだから、すぐ戻ると思うわ」

料理が冷めるのを心配するお末に、隣のおすみはそう微笑んだ。

茶碗蒸しが皆に行きわたると、お末はあいた銚子《ちょうし》を手に廊下へ出た。

階段上の踊り場にいた人影が、驚いたようにこちらをふり返る。片方は小村伴之介、もうひとりは槙屋のお江与だった。

「ああ、皆を待たせちゃいけねえな。じゃあ、槙屋さん、よろしくお願いしますよ」

「はい、主人にそのように申し伝えます」と、お江与は階段を下りていった。

仲居の手前、とり繕ってみたのだろうが、役者とその贔屓にしては妙に親密で、色っぽい気配ばかりは隠しようもない。

お末は気づかぬふりで、障子戸を大きくあけて、人気役者を座敷に招じ入れた。


「へえ、鰻の茶碗蒸しとは、初めて見るな」

ふたをあけた伴之介が、めずらしそうに碗の中身をたしかめる。

「はい、鰻茶碗と申します。久しく絶えておりましたが、かつては当店の目玉料理としていた一品です」

箸の上でふるんと震える卵を口に入れ、伴之介が、お、と声をあげた。次に鰻の蒲焼を嚙《か》みしめて、うん、とうなずく。箸はそのまま止まることなく、碗と口のあいだを行き来する。やはり茶碗蒸しに手をつけた、贔屓の内儀たちから歓声が上がった。

「甘い茶碗蒸しが、こんなに美味しいなんて」

「ほんと、これならいくつでも入ってしまいそう」

心持ち甘く作った卵出汁と、鰻のたれの甘辛さが、口の中で交わってとろける。

そう言い立てる内儀たちを前に、伴之介が不思議そうな顔をする。

「そんなに、甘いかね……いや、むしろ見た目より、すっきりした味に思えるが」

「申し訳ございません。実は、伴之介さまの碗だけは、味を少し変えてあります。辛口好みとお見受けいたしましたので、板場にそのように頼みました」

初めの二、三品で八十八朗は、伴之介が生粋の辛党であると見抜いていた。若旦那《わかだん》那《な》の指示を受け、軍平は蒲焼のたれをあっさりとしたものに変え、卵出汁も味醂《みりん》の量を加減した。

「なるほどな、こいつはうれしい気の配りようだ。これならおれみたいな酒飲みにもうってつけだ」

目新しい上に、客の意表を突くと、伴之介は鰻茶碗を手放しで褒めてくれた。

「ありがとう存じます。そのように仰っていただければ、料理屋冥利《みょうり》に尽きるというもの。板場の者も、さぞ喜びましょう」

座敷の下手で、固唾《かたず》を飲んで上座を見守っていたお末が、ほうっと息をついた。声は届かずとも、若旦那の表情で、客が鰻茶碗を認めてくれたことがわかる。

その後は、さっぱりとした吸物と、酒肴の八寸、香の物と、料理は滞りなく運ばれて、最後に菓子が供された。

「抹茶を溶いた蜜《みつ》をかけた、氷室羊羹《ひむろようかん》でございます」

白い皿に、抹茶の緑が鮮やかで、客のあいだからため息がこぼれる。丸い葛饅《くずまん》頭《じゅう》の中には、餡《あん》の代わりに羊羹が入っている。ちょうど羊羹を氷で閉じ込めたような姿から、氷室羊羹と名付けられた。

ようやく終わりが見えてきたと、お末が一瞬、肩の力を抜いた、そのときだった。

座敷の下手から大きな物音がして、槙屋のお江与の菓子皿が、畳の上にひっくり返っていた。

「……いや……これ……まさか……」

お江与は己の両手を見詰めながら、それ以上、ものが言えないようだ。顔色は真っ青で、唇も両の手も、おこりにかかったかのようにわなわなと震えている。

「お江与さん、加減でも悪いの？」

異変に気づいた甲野屋のおすみが腕に手をかけたとき、まるで押されるようにして、お江与は横向きに倒れた。

「お江与さん！」

「おい、どうしたんだ！」

おすみの悲鳴とともに、伴之介が仁王立ちになり、座敷の内は騒然となった。

息が苦しいのか、お江与は喉許《のどもと》に手をあてて、大きく開いた口から早い息を吐いている。

若旦那は素早くお江与のもとに寄り、具合をたしかめると、女中たちにきびきびと言いつけた。

「ひとまず、隣座敷に寝かせましょう。お末、夜具の仕度を。お甲は医者を。板場の者に頼んで、隣町の先生を呼びにやらせなさい」

言われたとおり、お末が隣座敷に夜具を伸べると、

「おれが運ぼう」

伴之介がお江与を抱き上げて、夜具に横たえた。お末がその上から、薄物をかけようとすると、甲野屋のおすみが言った。

「もっと布団《ふとん》を、かけてあげて下さい。もしかすると、落花生あたりかもしれません」

「何ですって！」

金切り声を上げたのは、越前屋の内儀だった。

「四年前にも一度、お江与さんが倒れたときに居合わせたんです。たまたまいただきものの菓子の中に、落花生油が入っていたみたいで……そのときと同じです」

着物と帯をゆるめて、からだをあたためるようにと、前にお江与を見立てた医者からきいている。おすみはそう語りながら帯締めをほどき、帯と胸元を楽にした。

「お江与さん、しっかりして！　すぐにお医者さまが来るから、気をしっかり持つのよ！」

おすみは必死の形相で、お江与を介抱している。お末はついその姿に見入っていたが、

「何をしているの！　早く布団を！」

おすみに叱咤《しった》されて、あわてて布団部屋へと走った。

冬布団を二枚抱えて戻ってくると、内儀のお日出が、越前屋の内儀に詰め寄られていた。

「あれほど念を押したというのに、お日出さん、いったいどういうわけですか！」

「え、あの、それは、ちゃんと伝えて……八十八朗！　どうなっているのです！」

お日出はたちまち、責めを婿になすりつけた。

「落花生もその油も、一切使っておりません……その筈《はず》なのですが……」

八十八朗がこたえたとき、お江与から呻《うめ》き声がもれた。両の目を塞《ふさ》ぐように、顔に両手を当てて、そのあいだからのぞく形の良い唇が、心なしか腫《は》れぼったく見える。

「ああ、やっぱり……落花生あたりに違いありません」

「まさか、顔が……」

ひっ、と越前屋の内儀の喉が鳴った。お江与の顔はみるみるむくみ、医者が駆けつけたときには、瞼《まぶた》も頬も唇も、さらに顔に当てた両手すら、無残に腫れ上がっていた。

「まるで四谷怪談の、お岩のようじゃありませんか」

越前屋の内儀は、太ったからだを恐ろしげにこわばらせた。

腕の良さでは評判の町医者も、あまり役には立たなかったが、幸い、一刻《いっとき》を過ぎた頃、お江与の息は楽になった。顔の腫れも、出たときと同じに、あれよあれよという間に引いていく。居合わせた者たちは、まるで狐《きつね》につままれたような心地がしたが、両の瞼の腫れだけはとれず、引くまでには二、三日かかろうと、医者が告げた。

「落花生を使っていないなどと、妻のあの顔を見て、よくそんな言い逃れができるものだ！」

知らせを受けて駆けつけた槙屋の若主人、敬蔵《けいぞう》は、たいそうな剣幕で、八十八朗を怒鳴りちらした。

「こんないい加減な料理屋を、放ってはおけない。御上に訴えて、とり潰しに……」

「もう、その辺で……奥の座敷で、お江与さんが寝ているんですから」

「何より大事な妻が、ひどい目に合わされたんだ。いくらおすみちゃんの頼みでも、こればかりは引けない」

おすみが一瞬はっとして、それから、悲しそうにうつむいた。

それまで相手の罵《ば》詈《り》雑言《ぞうごん》に、じっと耐えていた若旦那が、背筋を伸ばした。

「店の暖簾にかかわることです。私どもも引き下がるつもりはございません。ほんの半刻、時をお貸し下さい。うちの料理に落花生は使われていないと、証《あか》してごらんにいれます」

「この期《ご》に及んで、まだそのような……」

「お願いでございます。どうぞ半刻だけ、お留まりを」

相手をひと度《たび》しっかと見据え、八十八朗は頭を下げた。奥の間では、お江与が横になって休んでいる。半刻のあいだ、傍についていてほしいと、八十八朗は頼んだ。不承不承ながら、どうにか槙屋の若主人が了承すると、八十八朗は廊下に控えていたお末を呼んだ。

「旦那さまを、奥へお連れしておくれ。それと、表座敷のお客さまをこちらへ」

越前屋の内儀をはじめとする贔屓客《ひいき》は、槙屋の若主人の到着を待って、すでに各々《おのおの》の家路についていたが、小村伴之介には残ってもらった。

お末の案内で、若主人が廊下に出て、甲野屋のおすみも一緒に腰を浮かせた。

「お内儀さんは、このまま残っていてください。おたずねしたいことがあります」

え、とおすみの瞳《ひとみ》が、不安そうにまたたいた。

やがて伴之介が姿を見せて、若旦那は、お末にもその場に留まるように言った。

お末が障子を閉めると、八十八朗はおすみに向かって口を開いた。

「どうやって槙屋のお内儀さんに落花生油を含ませたか、説いていただけますね？」

八十八朗の整った面《おもて》は、いつになく厳しかった。

一日ごとに日は短くなっていたが、西日の名残で、まだ十分に明るい。

橙色《だいだいいろ》に染まった若旦那の顔が、お末をふり向いた。

「お末、頼んでおいたものは、見つかったかい？」

「いいえ、槙屋のお内儀さんの手提袋にも、着物や帯のあいだにもありませんでした」

「やはり、あなたさまがお持ちのようですね。先程、槙屋のお内儀さんに渡したものを、出していただきたいのですが」

「いったい、何の話ですか！　だいたい、あたしがお江与さんに落花生を与えたなんて、よくもそんなでたらめを……」

「それなら、そこにお持ちの袋を、見せていただけますか？」

「これは……」

膝の上に大事に抱えていた紺縮緬《ちりめん》の手提げを、両手できゅっと握りしめる。

「見せられません。あたしには、咎人《とがにん》呼ばわりされる筋合などありませんから」

「そうですか」

八十八朗は、存外あっさりと諦《あきら》めて、今度は役者に向かって言った。

「伴之介さまと槙屋のお内儀さんは、いつ頃からわりない仲になったのですか？」

「え！」

「この娘も、それにもうひとりの仲居も、気づいていましたよ。お内儀さんが伴之介さまを見る目が、あまりに艶《つや》っぽいもので」

「こいつは参ったな」

悪戯《いたずら》を見つかった子供のような顔で、伴之介は盆の窪《くぼ》に手を当てた。

「おすみさんは、お江与さんからきいていたんじゃありませんか？」

八十八朗が、初めておすみの名を呼んだ。しばしの沈黙の後、ええ、とおすみがこたえた。

「やれやれ、人の口に戸は立てられねえというが、女の口となるともっと厄介だな」

照れくさそうな苦笑いをこぼし、それでも観念したようで、伴之介は三月ほど前からだと告げた。

「いまさら言い訳にしかならねえが、初めはそんなつもりはさらさらなかった。だが、あんな別嬪《べっぴん》に幾度も口説かれちゃ、こっちもつい、な」

「お江与さんだけではありますまい。今日いらしたお客さまのうち、何人と浮名を流したのですか？」

「もう勘弁してくれや、若旦那。このとおり、おれが悪かった」

「役者稼業《かぎょう》には、あたりまえのことです。詫《わ》びるには及びませんよ」

八十八朗は笑いながら、伴之介の頭を上げさせた。

「ただ、おすみさんにはどうしても、許せなかったのでしょうね」

ずっとうつむいていたおすみの肩が、小さく揺れた。

「落花生のからくりに気づいたときは、まだ勘違いしていました。贔屓の役者をお江与さんにとられ、悋気《りんき》を起こしたと、そう思っていました」

八十八朗の声は、それまでとは違い、同情めいた音色を帯びていた。

お末の話をもとにして、八十八朗はおすみの仕組んだからくりを、あらかた解いていた。

「ですが、さっき槙屋の若旦那を前にして、初めてわかりました。おすみさんは、若旦那の敬蔵さんを、好いているんですね？」

「そう、なのかい？」

仰天した伴之介が、まじまじとおすみを見詰める。おすみはやはり顔を上げず、手提袋を持つ手に、いっそう力をこめた。

「先程の話しぶりですと、おふたりは長いつきあいなのではありませんか？」

八十八朗は、妻のお鶴からきいた話をした。甲野屋は男の子に恵まれず、おすみに婿《むこ》を迎えて家業を継がせた。甲野屋と槙屋は、日本橋室町のごく近い場所にあり、おすみと敬蔵は幼なじみだった。

「お江与さんよりずっと長く、おすみさんは敬蔵さんを見ていたのでしょう？」

袋を握りしめていた手に、ぽたりと雫《しずく》が落ちた。甲を濡《ぬ》らす雫は次々と増えて、とうとうおすみは、顔を両手でおおって激しく泣き出した。

若旦那に目でうながされ、お末はおすみのもとに行った。懐《ふところ》から出した手拭を握らせて、背中を撫《な》でる。

「あたしは、子供の頃から、敬蔵さんだけを……！　だけど、家の、ために、お嫁には行けなく、て……敬蔵さん、は、芝居の、席で、お江与さんを見染めて……」

しゃくり上げながら、おすみが途切れ途切れの言葉をもらす。

「敬蔵さんに、大事にされるお江与さんが、うらやましくて、ならなかった……ずっとずっと堪《こら》えていたのに……敬蔵さんを裏切るなんて、あたしにはどうしても我慢ができなかった！　お江与さんなんて、いなくなってしまえばいいと……」

泣きじゃくるおすみの姿が、かわいそうでならなくて、お末は背中をさすりながら言葉をかけていた。

「でも、お内儀さんは、悔いてましたよね？」

おすみはこたえなかったが、その背中がかすかに揺れたのは、手の平を通して伝わった。

「お医者さまが来るまでのあいだ、あんなに懸命に世話をして……死んでほしくないと、あのときのお内儀さんは、そう願っているように見えました」

「……本当にこのまま、死んじまうんじゃないかって……そう思ったら、恐ろしくなって」

「お江与さんは、憎い恋敵というだけじゃなく、おすみさんにとっては良い話相手だったのではありませんか？　浮気話を打ち明けるくらいですから、少なくともお江与さんは、おすみさんを誰より信じていたのでしょうね」

若旦那の穏やかな声に、またおすみから嗚咽《おえつ》がもれた。

「ご免なさい……ご免なさい……お江与さんにも、敬蔵さんにも、あたし……」

「おすみさん、手提袋の中身を、預からせてもらえませんか？」

おすみがうなずいたのをたしかめて、お末は膝の上の手提袋をとり上げ、若旦那に渡した。口を開いた袋の中から、若旦那は小さな短冊のような、漆の板をとり出した。

「これは……うちが出した、紅板《べにいた》じゃねえか」

短冊の表に描かれた上がり藤は、小村家の紋だった。

高松屋では、今日、新しい紅板が売り出された。

紅板は口紅を塗った板で、外出の折の化粧直しに使う。材や色形、意匠はさまざまあるが、四角い板状のものが多い。

高松屋の紅板は、短冊の片側に蝶番《ちょうつがい》がつき、ふたつ折りになっている。ふたをあけると中も漆塗りになっていて、その上に薄く紅が塗られていた。

この紅板は数が限られていて、伴之介の贔屓なら、まずは買いに走る。それを見越しておすみは、お江与の分も買うことを、あらかじめ約束してあった。

「高松屋の紅板は総漆《そううるし》だから、漆のにおいで、落花生油のにおいがうまく消せると思って」

やがて涙を止めたおすみは、仔細《しさい》を話し出した。

買ったものをそのまま渡さなかったのは、使う前の紅が乾いているからだ。紅に水を含ませて指で溶くから、使った紅は濡れている。そこへ、ごく薄く、落花生油を刷《は》いた。

わざと家には戻らず、叔母の家に寄って細工をし、その足で鱗やへ出向いたのも、新品の紅をお江与に渡す機会をなくすためだ。

次の逢引《あいびき》の日取りを決めるために、伴之介が厠に立つのを見計らい、お江与が座敷を抜けるつもりでいることも、おすみはやはり前もってきいていた。そのときに化粧直しをするだろうと、見越していたという。

「……あたし、敬蔵さんとお江与さんに、すべてお話しします。許してもらえないかもしれないけれど、精一杯お詫びします」

「お待ちなさい。何故《なぜ》そのようなことをしたのかと問われたら、何とこたえるおつもりですか？　おすみさんの気持ちを、敬蔵さんに伝えるのですか？」

「それは……」

「それとも、伴之介さまとお江与さんの仲を、打ち明けますか？」

「おいおい、それは勘弁してくれよ。あの旦那に刺し殺されちまわあ」

お互い火遊びめいた、大人のつきあいだ。何より亭主にばれてしまえば、当のお江与がいちばん困る羽目になる。

「それならここは、小村伴之介の俠気《おとこぎ》を見せていただきましょうか」

「いったい、何をやらせるつもりだい」

「火遊びの始末料としては安いものですし、千両役者には似合いの役どころですよ」

「まったくもって、申し訳ねえ。まさか高松屋の紅に、落花生油が刷かれていたとは」

槙屋の夫婦の前で、伴之介が大げさな身ぶりで土下座する。

その傍らで、若旦那がにこやかに講釈した。

「高松屋の番頭さんの話では、紅の乾きを止めるのに良いときいて、今日売り出した紅板に試してみたのだそうです」

おすみから紅板の話をきいて、念のため、使いを高松屋に送ってたしかめてみた。若旦那の書いた筋書き通りの台詞《せりふ》を、伴之介が並べ立てる。

「店は番頭に任せきりなものだから、ちっとも知らなかった。いや、本当に面目ねえ」

人気役者に深々と頭を下げられて、槙屋の若主人が逆におろおろする。

「い、いいえ、何というか、商い上の工夫でしたら仕方のないことですし、女房もこうして事なきを得ましたから、どうぞ頭をお上げになって……」

お末とともに、廊下から見守っていたおすみが、頰に手を当てた。

「いいのかしら、伴之介さまにあんな無茶をお願いして……あたし、申し訳なくて……」

「大丈夫ですよ、何といっても伴之介さまは、千両役者なんですから」

甲野屋の内儀の口許が、ようやくほころんだ。

泣き腫らしたおすみの瞼は、槙屋のお江与を真似《まね》たように、ぷっくりとふくらんでいた。

（新潮文庫『上野池之端　鱗や繁盛記』に収録）

坊主の壺《つぼ》

宮部みゆき

宮部みゆき（みやべ・みゆき）

１９６０年東京生まれ。87年「我らが隣人の犯罪」でオール讀物推理小説新人賞を受賞してデビュー。99年『火車』で直木賞を受賞。その他受賞歴多数。著書に「三島屋変調百物語」シリーズ、『今夜は眠れない』『夢にも思わない』『あやし』『ブレイブ・ストーリー』『さよならの儀式』『きたきた捕物帖』などがある。

六月《みなづき》の晦日《みそか》に、元森下町《もともりしたちょう》でコロリが出た。それは荒物屋で、一家は奉公人も入れて七人の所帯だったのだけれど、病は家人を総なめにしてから次々と飛び感染《うつ》り、十日ほどのあいだに南の五間町《ごけんちょう》、東の富田町《とみたちょう》へと広がっていった。

小名木川《おなぎ》を越えたところで起こった流行に、あれがいつ高橋《たかばし》や新高橋を渡ってこっちにくるやも知れないと、川の南方に暮らす人びとが胸を悩ませている折も折、今度は吉川町《よしかわちょう》の要橋《かなめ》そばの長屋でもコロリが出た。はたしてこれは病が川を飛び越えたのか、それとも申し合わせたように南北で起こって、わたしらを挟み撃ちにかけようとしているのかと、人びとはいっそう慄《おの》き畏《おそ》れた。

吉川町よりさらに南にある田町《たまち》に店と屋敷をかまえる材木問屋の田屋《でんや》では、主人《あるじ》の重蔵《しげぞう》が材木問屋の寄合い衆や地主たちにさっそく掛け合い、去年のコロリ大流行の際と同じように、木置場をひとつ空けて、病人のためのお救い小屋を建てる作業に取りかかった。重蔵は弁舌ばかりが達者な小理屈者ではなく、事を起こすには身銭も切れば労も惜しまぬという人物なので、お救い小屋に提供する木置場は、むろん彼の店の地所である。そこに来る人びとを世話する者どもも、奉公人たちや、田屋が所有している家作の差配人や店子《たなこ》たちのなかから選び出す。これは先年も同じようにしたことなので、そのようにして田屋につながっている者たちも覚悟はできていた。

昨年、安政《あんせい》五年の大コロリは、六月の末ごろから東海道筋を起点に流行《はや》り始め、やがて江戸市中に入り込んだものである。それでも市中での流行り始めは赤坂近辺だったので、大川を隔てた本所《ほんじょ》深川あたりでは、最初のうちはみな文字通り対岸の火事を決め込んでいた。しかし病の流行が霊岸島《れいがんじま》あたりまで届くと、そろそろ腰が落ち着かなくなり、七月《ふみづき》半ばに入っていよいよこっち方でも患者が出たとなって、一気に、屋台崩しさながらの混乱と恐慌が起こったのであった。

田屋の重蔵は、親戚《しんせき》筋が赤坂にいたということもあり、病の趨勢《すうせい》を早いうちからきっちり睨《にら》んでいた。だから彼が木置場を片付け、お救い小屋を建て始めたのは七月頭のことで、そのころ周囲はまだまだ切実味を欠いていたから、彼の手配りを笑う向きもあった。

「余計なことだ。まだ病の届いていないこのあたりにお救い小屋があるなどと、山の手の者の耳に入ったら、かえって騒ぎになりかねん。お救い小屋を頼ってくる者どもが、病を運んでくるやもしれない」

と、口を尖《とが》らせて怒る向きもあった。

どちらに対しても、重蔵は平然としていた。そしてとうとうコロリが大川を渡ってくると、彼の周到な構えは大いに地元の益となった。

お救い小屋といっても、これはコロリにかかった者を預かる場所ではない。だいたいこのコロリは、かかった者にひと晩かふた晩の余裕しか与えずに命を持っていってしまうのだから、預かって世話をすることなど誰にもできないのだ。重蔵がお救い小屋に呼び寄せたのは、家のなかにコロリの患者を見、それを看取《みと》って、次は己かと怯《おび》えつつ、近隣の誰にも助けを求められず途方に暮れている者たちばかりだ。

なかでも、一家の大黒柱や稼ぎ手をコロリとやられて、後に残された女や子供たちが主であった。彼らに近づくことはコロリに近づくことだから、まだ病に憑《つ》かれていない者たちは、たとえそれまではどんなに懇意にしていようと、恐れ嫌って手を出さない。また出したくても、うちではおとっつぁんと下の子だけだったけれども、お隣では一家五人根こそぎやられたなどということがあるのだから、どうにもならぬということもある。重蔵は、そういう取り残された弱い者たちを救い取ったのだ。

　おつぎもその一人であった。

　去年のコロリで、おつぎは父母と兄と弟を失った。家は北六間堀町《きたろっけんぼりまち》の表長屋で小さいがよく繁盛する飯屋を営んでいた。たった一年前のことだというのに、今ではそれが夢のように思われる。

　去年の七月の末ごろだったろう。おつぎは差配人に連れられて、着の身着のままで田屋重蔵のお救い小屋へと来た。十三という歳ながら、ずっと父母の商いを手伝ってきたおつぎはしっかり者で、しゃにむに自分の手を引いて連れていこうとする差配人に、家《うち》のみんなの亡骸《なきがら》をほったらかしては行かれないと、しぶとく逆らったものだった。

　差配人は根気よくおつぎに言い聞かせた。この大コロリで死んだ者の亡骸は、いつものときのように丁寧に葬るわけにはいかない。お上《かみ》からもきついお達しが来ているのだ。おまえのような子供では手に負えぬ。亡骸の始末は私に任せて、とにかくおまえはお救い小屋に身を寄せなさい。

「おまえの長屋でも大勢死んだろう。これからもまだまだ死ぬだろうよ。ごらん、この有様を」

差配人は道筋の家々を振り返る。昼日中だというのに、きびきびと行きかう人の姿は見えない。そこここから人の集まって念仏を唱える声が聞こえてくる。女たちが輪になって座り、大数珠《じゅず》を握ってはたぐる、低いじゃらじゃらという音が漏れてくる。家々の軒先には、疫神《えきじん》を祓《はら》うという八ッ手の葉がさげられている。門松を立てている家も見える。病の悪気を縁起物で遠ざけようというのである。

そういえば今日はお神輿《みこし》を見た。近所の小さな神社のもので、本当なら祭は秋だ。それを、この時季にお神輿を持ち出して練り歩くことで、神様にコロリを追い返していただこうというのだろう。担ぎ手の男たちはたびたび奇声を発し、それは勇壮というよりは狂妄の景色で、彼らについて歩く女子供が叩《たた》き鳴らす鉦《かね》太鼓の音もッン高く、有り難みも何もあったものではなかった。

しかしそれらのもの珍しい眺めを圧して、家々のあいだに、あるいは戸口の脇に、積み上げられた白木の棺桶《かんおけ》は何だろう。あれにはみんな、亡骸が入っているのだ。

「お寺でも焼き場でも、亡骸が溢《あふ》れて往生している。こんななかで、おまえ一人が親兄弟四人を葬るなどできるものか。死んだ者のことは諦《あきら》めなさい。おまえはここまで、何とかコロリを免れた。それを幸いに、お救い小屋に行って、同じように病は免れたが身寄りを失った者たちを助けて暮らすのがいい。なかには、おまえより小さな子供たちも、赤ん坊もいるのだよ」

ひと息にそう言い切って、差配人は煙たいみたいに顔をしかめ、鼻先で手をひらひらと動かした。

「今日はしのぎ易いと思ったら、風がいくらか北に回っているんだな。えらく臭うじゃないか。ここらの寺からの臭いばかりじゃない、小塚原《こづかっぱら》からくる臭いだ」

おつぎの心の目に、地べたを埋め尽くすほどの数の棺桶が並ぶ様子が浮かんできた。焼き場の建物の、戸板の隙間からもくもくと漏れ出る煙の色も見えた。尻《しり》はしょりをして、髪を手ぬぐいで覆った大勢の男たちが、棺桶と骨壺《こつつぼ》のあいだを縫って立ち働く。そこに立ち込める臭いは死の臭いだ。病の臭いだ。いったい、焼き場の人たちまでコロリにやられてしまったら、誰が亡骸の世話を焼くのだろうか。

うちのみんながどこに葬られたのか、お骨はどうなったのか、後でちゃんと教えてもらえるだろうか。おつぎの心配は、焼き場の煙と同じくらいに濃く暗く、際限なく立ちのぼっては、心をいっぱいに満たしていた。

「そんな顔をするものじゃない」

差配人がおつぎの肩を軽く叩いた。

「長屋のあらかたがやられたというのに、こうして元気でいるおまえは運が強いのだよ。その運を無駄にしないことだ。いいな」

差配人の言葉に嘘はなく、田屋重蔵の尽力してつくったお救い小屋には、親を失った子供や、頼れる身寄りに死なれた年寄りが大勢いた。すっかり気落ちしていて、飯も喉《のど》を通らないという者もいた。

おつぎは寝食を与えられ、彼らの世話を焼くことで日々を送った。お救い小屋に来てからコロリを発する者もいたけれど、患者はすぐに運び出され、二度と帰ってこなかった。

八月《はづき》になり、ようよう暑気が退《ひ》いていくにつれて、コロリの猛威も少しずつ下火になっていった。おつぎは本当に、この死病を免れた。何もかも失くなってしまったけれど、命だけは残った。

お救い小屋に集まっていた人たちも、それぞれに身の振り方や頼る先を決めて、一人、二人と離れていった。寄る辺ない子供たちは、お寺に入ったり、ほうぼうの差配人の口ききで貰《もら》い子になったり、奉公に出たりした。

おつぎには、田屋に女中奉公しないかという話が来た。その聡《さと》さと、きりきりと立ち回る働き振りが、いつか主人の目にとまっていたらしい。また田屋でも、家族は幸い無事だったが、奉公人が数人コロリにやられ、またコロリを恐れて出奔する者があったりして、働き手が足りなくなった事情もあった。

願ってもない話だという、今や後見となった差配人の勧めもあって、おつぎはそれに従うことになった。

こうして一年が過ぎたのだ。

お救い小屋にいたときには、その日を過ごすのに夢中になっていてわからなかったが、奉公人として仕えてみると、うちの旦那《だんな》さまはなかなか偉い方なのだと、おつぎは思うようになった。もちろんこれだけの身上を賄っているのだから金儲《かねもう》けも上手なのだろうけれど、それだけではないものもお持ちだ。

田屋の旦那さまは、お歳はまだ四十路の半ばだが、早くにお内儀さんを亡くしている。世間では、このお内儀さんが病気がちであったことが、旦那さまの病に苦しむ者や、それを看取る者を哀れみ慈しむお心を育てたのだと噂している。

ご夫婦のあいだには、十九になる小一郎《こいちろう》という一人息子がいるが、いずれ跡取りになるこの人は、「他所《よそ》の釜《かま》の飯を食ってこい」という父親の言いつけで、十三の歳から奉公に出ている。奉公先でも、小一郎さんはただの奉公人ではなく、大事な預かりものであると承知しているから扱いは丁重だが、小一郎さんはそれに甘えず、なかなかしっかりした商人《あきんど》に育っているという。もちろん、父親が周囲の材木商たちの渋い顔をものともせず、お救い小屋で金も人手も持ち出しの人助けに励んでいることも委細承知で、大コロリの折には、流行がおさまるまでだけでも、いっとき奉公先から暇をもらい、父を手伝いたいとまで言ったそうだから感心だ。

小一郎さんも田屋さんの血、生まれつきできが違うのだと、これも世間は囁《ささや》きかわす。

できが違う。何かある。それは何だろう？

折節、おつぎの顔を見に来ては説教を垂れてゆく差配さんは、

「それは人徳というものだ」という。あるいは、「仁」というものだともいう。どちらも有り難いものを指す言葉なのだろうけれど、おつぎには今ひとつしっくりこない。

ただ、旦那さまのお目が鋭いこと、見通しがきくことはよくわかる。だからこの春先、旦那さまがお店の皆を集めて、

「コロリは先年だけの災いではない。一度根付いてしまった病は消えない。この夏もまた、必ず流行《はや》るぞ。けっして気を緩めてはいけない。梅雨を越したら生水は飲むな。生ものを口にしてもいけない。これまでは、おまえたちが自分のやりくりで多少の買い食いをすることも、小さな楽しみのうちと見逃してきたが、これからは

違う。屋台の天ぷらや寿司《すし》などには、けっして手を出してはならないぞ」

厳しく言い含められたときには、背筋が伸びる感じがしたものだ。

他の奉公人たちも、同じ気持ちのようである。皆、旦那さまには心服している。

先年の大コロリで意気消沈した市中を活気づけようと、今年は山王祭《さんのう》も神田明神《かんだ》のお祭も、いつにも増して盛大に行われた。田屋でも、時刻と人数を限って、奉公人たちの祭礼見物が許された。旦那さまは、出かけてゆく奉公人たちに、もう一度釘《くぎ》を刺した。いいな、買い食いはいけない。暑さが増してきている昨今、いよいよいけない。きっと私の言いつけを守るのだぞ。

奉公人たちは、一人もこれに背かなかった。

自分の身に置き換えて、おつぎには、彼らの想いがよくわかる。昨年彼らの大方は、旦那さまの指示で、お救い小屋で立ち働いた。直《じか》にコロリの患者の世話を焼くのではなくても、大いに恐ろしいことだったのは間違いない。だからこそ出奔した者もいた。しかし、旦那さまの細かく指示されたとおり、日に何度も手を洗い、生水を避けて湯冷ましを飲む、厠《かわや》は念を入れてきれいに使い、きれいに保つ――などのことを守った結果、お救い小屋で働いた者たちは、誰ひとりコロリにやられなかった。田屋でコロリに憑《つ》かれた者たちは、むしろお救い小屋では働かなかった者たちばかりだった。

　また旦那さまは、町中の噂や客筋から、「こうすればコロリを避けられる」「これこれがコロリ封じに効く」というようなことを聞かされても、けっして真に受けてはならないともおっしゃった。誰が言い出したのか、どんな拠《よ》り所があるかは知らないが、昨年の七、八月には、「コロリに倒れた病人の枕元に供えた赤飯を分けてもらって食べればコロリにかからない」という噂が、おそろしい速さで広がったものだった。旦那さまはこれを一笑に付すばかりか、声を大きくして反対された。

「コロリの正体が何であれ、それにはきっと病の素があるはずだ。そして、それは当の病人のところにこそたくさんたかっているはずだ。供物など分けてもらって食べれば、みすみす病の素を取り込むことになる。けっして聞き入れてはいけないよ」

　これもまた、そのとおりであった。

旦那さまの言いつけを守れば、間違いない。皆がそう思うのも当然だ。しかし、生憎《あいにく》なことに、お店から一歩外に出ると、なかなかそうは運ばない。

　実はこの夏、梅雨に入る前に、旦那さまは一度、またお救い小屋を建てようとした。用意は早い方がいいからである。ところがそれに横槍《よこやり》が入った。今年はコロリの流行など起こるまい。先回りしてそんなものを建てるなど不吉に過ぎる、と。その声があまりに大きかったので、旦那さまも諦めざるを得なかったらしい。

こういうふうに口うるさく反対する人たちは、いつも同じ顔ぶれだ。そしてとにかく異を唱える。昨年、旦那さまがお救い小屋を建てようとしたときに、「余計なことをするな」と反対した。そのお救い小屋が立派に役に立ち、役を終えたときには、「さっさと壊せ。縁起が悪い」と言い出した。残しておけば、次の夏にまた役に立つかもしれないと旦那さまがおっしゃっても、もうコロリは終わった、小屋を残しておけば、そこに穢《けが》れが淀《よど》むなどと言い立てて、壊してしまったのだ。

でもコロリは終わっていなかった。この夏が来て、戻ってきた。患者が出たのを聞きつけて、大急ぎでお救い小屋を建て始めた旦那さまに、今度は舌打ちして、彼らはこんな陰口をきいている。

「田屋さんは、私らに、コロリは今年も流行るという自分の言い分が正しいと認めさせるために、コロリ流行の祈願でもしておったんじゃないのか」

田屋の奥座敷で行われた寄合いに、茶菓を出しにいったとき、直にこの耳で聞いたのだから間違いない。旦那さまがちょっと座を外しているのを良いことに、このお店のなかでそんな陰口を言いくさる。おつぎはとっさに、さもさも憎らしげな口つきをしているその爺《じい》さんの頭から茶をぶっかけてやろうとしかけて、危ういところで思い留《とど》まった。

旦那さまのおっしゃることは正しい。なさることも正しい。おつぎはぎゅっと口を結び、たすきを締めながらそう思う。そして今年のコロリも何とか凌《しの》いでやるのだと、心を強く持ち直すのだった。


お救い小屋ができあがると、すぐに何人か移ってきた。今はまだ流行のはしりなので、昨年のような混み具合ではないが、彼らは一様に身体も気も弱っているので、細かく気配りをしてやらねばならない。また、彼らがコロリを発したらすぐ他所へ移さねばならないから、おつぎは日に何度もお救い小屋に足を運び、時には泊まり込んで彼らの世話を焼いた。

「おまえさん、よくコロリが怖くないね」

田屋出入りの魚屋の親父にからかわれて、おつぎは笑って言い返した。

「おじさんだってそうじゃないの」

「そりゃあ、あたしらは、魚を売らなきゃ商売にならないからね」

「そんならあたしだって同じよ。田屋の女中なんですから」

「どっちにしろ、田屋のご主人は奇特な方だ。足を向けて寝られないよ」

コロリが流行ると、江戸中の人びとが生ものを遠ざけるので、魚屋たちは揃《そろ》って干上がりかける。しかし田屋では、去年も今年も魚屋の出入りを止めなかった。もちろん生ものは食しないが、焼き魚はよく食べるし、あらや骨で出汁《だし》をとった汁物も摂《と》る。滋養のある魚は、夏場のいちばん暑いときに、身体に力をつけてくれるのだと旦那さまはおっしゃる。生でさえなければよい、よく火を通して、熱いうちに食べればよいのだという。

さて、そうして何日か過ぎたころのことである。おつぎはお使いを言いつけられて、今川町《いまかわちょう》まで出かけた。道筋の堀割沿い、亀久橋《かめひさ》と海辺橋《うみべ》のあいだには、お寺が密集している。どのお寺からも読経《どきょう》と鉦《かね》の音が聞こえ、線香の香りでも覆い隠せない死臭がふんぷんと漂っていた。鬼面をかぶって練り歩く人びととすれ違い、子供を失ったのか小さな棺桶《かんおけ》を囲んで大泣きしている女たちのそばを通り過ぎる。粗末な板葺《いたぶ》き屋根の波の隙間から、細い煙が立ちのぼっているのは火事ではなく、のろしである。これもコロリを祓《はら》うと言われているのだ。途中、続けざまにパンパンと弾《はじ》けるような鉄砲の音が響いたのは、どこぞの武家屋敷で疫祓いに空撃ちをしたのだろう。ああ、去年の夏とそっくり同じ眺めだと、おつぎは胸がつかえるような心地になった。

急いで用事を済ませ、お救い小屋に戻ってみると、戸口のところに、塩屋絣《しおやがすり》を着た旦那《だんな》さまの背中が見えた。ちょうど小屋のなかに入って行かれるようだ。旦那さまは奉公人たちをお救い小屋で働かせるだけでなく、ご自身も日に何度か顔をお見せになるから、格別珍しいことでもない。ただ、何か御用があるかと思って、おつぎは急いで追いついた。

ここに逃げ込んできた者たちも、身体に支障がなくて働ける者は、気持ちが落着いてくると、昼間はおいおい仕事に出てゆく。子供たちは、元気を取り戻せば外で遊ぶし、手習いに通う子もいる。だから陽のあるうちは、小屋のなかはけっこうがらんとしている。気落ちや衰弱で枕のあがらぬ者たちは、日当たりのいい南の座敷に集まって、ぼんやりと横になっているだけだからいっそう静かだ。

旦那さまは、とっつきの六畳間におられた。脱いだ履物が土間の脇に寄せてある。右手左手に何か細長いものを持ち、真新しい木の匂いのする板壁に向かっている。右手で壁を撫《な》でておられるようだ。

よく見ると、旦那さまが手にしておられる細長いものは、長さは一尺ばかりの木の箱だ。おつぎの知る限りでは、そうした箱には、掛け軸や版画などが納められているものである。

何か、壁に掛けようとしておられるのだろうか。

去年もそうだったが、今年もお救い小屋の壁には暦を貼ってある。夏が過ぎればコロリの流行もおさまる。人びとをそう励ますため、一日過ぎるごとに、墨でその日を消してゆくのがならいだ。

旦那さまは思案に沈んでおられるようだ。その様子に何やら暗い気配が漂っていて、おつぎは座敷の端に控えたまま、声をかけかねた。他所《よそ》のお店では、下働きの女中が旦那さまのお姿を見ることなど稀《まれ》だというけれど、田屋では違う。これまでにも、おつぎは何度となく旦那さまのお顔を拝してきた。でも、こんなふうに肩を落とし、考え込んでおられるような背中を見るのは初めてだ。

やがて旦那さまはゆっくりとその場に正座すると、膝《ひざ》の上に細長い木の箱を載せた。依然、お顔は壁の方を向いたままで、おつぎのいることにはまったく気づいておられない。

板張りの床の上に、旦那さまの夏足袋《たび》の裏が真っ白に映えている。

旦那さまはそろりそろりと、壊れやすい干菓子でも扱うような手つきで、細長い木箱の蓋《ふた》を取り、中身を取り出した。おつぎが察したとおり、どうやら掛け軸を巻いたもののようである。

旦那さまは掛け軸の両端を持ち、くるりくるりと広げてゆく。

ずいぶんと古いもののようだ。全体に黄ばんでいるし、虫食いの穴もあいている。どこまで広げても見えるのは下地ばかりで、なかなか絵の部分が出てこない。いつしか、おつぎは膝立ちになって伸び上がり、首も伸ばしてのぞき込んでいた。

ようやく、およそ三尺四方ほどの大きさの墨絵が現れた。おつぎは目を瞠《みは》った。

何だろう、この絵は。

真ん中に描かれているのは、小さな水瓶《みずがめ》だ。あるいは味噌壺《みそつぼ》かもしれぬ。赤茶色の地に黒くしたたるような釉薬《うわぐすり》をほどこした、ありふれた壺だ。それだけなら、地味な趣向の軸というだけで何ともないが、その壺には中身が入っていた。

お坊さんである。お坊さんが一人、すっぽりと壺のなかに入っているのだ。壺の口からのぞいているのは肩先から上の部分で、あとは壺のなかに消えている。

どうにもおかしい。釣り合いがとれない。お坊さんの頭はばかに大きく、顎《あご》は二重顎だし、肩にもむっちりと肉がついている。それなのに、そこから下の部分は、おつぎが抱えて持ち運びできるほどの大きさの壺のなかに入ってしまっているのだ。

見ようによっては、お坊さんが壺に吸い込まれてゆく様を描いているように見える。あるいは、お坊さんが壺から吸い出されて外へ出ようとしているところを描いたようにも見える。

どちらであるにしろ、お坊さんの顔つきはとてもいかめしい。頭はつるつるなのに、眉《まゆ》は黒々と太く、小鼻がでんと張り出して、真一文字に結ばれた口は、ほとんど左右の耳に届きそうなほどの大きさだ。

異相――とはこういう顔をいうのだろうか。

肩の部分しか見えないが、身につけているのは灰色の破れ衣《や》一枚だ。袈裟《けさ》はない。それでも、どうでもお坊さんに見える。頭をまるめているのは僧侶《そうりょ》に限らない。たとえば町医者の先生も――あら、そうだこれはお医者さまを描いた軸なのかしらと、おつぎは思った。何かお医者をめぐる訓話のようなものを、絵に喩《たと》えて描いたものなのかもしれない。

あまりに熱心に掛け軸に見入っていたものだから、おつぎは背後から近づく足音に気づかなかった。

「おやおつぎ、戻っていたのか」

声をかけられて、膝を揃えて座った形で跳び上がりそうになるほど驚いた。

番頭の喜平《きへい》である。先ほどのお使いは、彼に頼まれたものだった。

がさりという音がした。旦那さまが身をよじり、こちらを振り返っておられる。

掛け軸は両手に開いたままだ。

「旦那さま、やっぱりこちらにおいでしたか」

喜平は驚いた様子もなく、履物を脱いであがると、小膝をついて身をかがめた。

「林町《はやしちょう》二丁目で、木戸番の夫婦がコロリにやられたそうでございます。差配人があわててやって参りました。夫婦はもう助かる見込みはありませんが、赤子がおりますそうで。こちらで面倒を見てもらえないかと申しておりますが」

旦那さまのお顔は色を失い、にわかに干からびたかのようだ。口は半開きになっているが、声が出ない。かっと瞠った目が、おつぎと喜平の顔を睨《にら》みつけている。

「旦那さま、どうなさいました」

喜平が怪《け》訝《げん》そうにひと膝進み出ると、旦那さまは我に返った。それと同時に手が滑ったのか、掛け軸が離れて板の間に落ちた。はずみで丸い支え棒が床を転んで、掛け軸はころころと裾《すそ》まで広がった。

「これはまた」喜平はほほうと声をあげた。

「面白い趣向の墨絵でございますが……」

ここにお掛けになるのですかと、目顔で旦那さまに問いかける。ならば、お手ずからなさらなくとも、手前がいたします。

旦那さまは目じりさえ動かさず、ひたと喜平の顔に目をすえたまま、口元だけでゆっくりと問い返した。

「面白いと——思うかね？」

「はあ」喜平は片手で顎の先をつまむと、困ったような笑みを浮かべた。

「手前は不調法者でございますから、書画の良し悪しも価値も見分けがつきません。それでも、これまでこういう絵柄はとんと見たことがございません。ですから面白く感じるのでございます」

「なるほど」と、旦那さまはうなずいた。そっと掛け軸に手を伸ばすと、その両端を持ってまた膝の上に広げる。

「喜平には、これがどんな絵に見える」

「どんな……と申されますと」

「何が描かれているように見えるかね？」

喜平は少しくへどもどし、おつぎの顔を見た。おつぎは喜平の目を受け止めてから、掛け軸の方へと顔を向けた。

そこには、壺に入った坊主が描かれている。

「何と……ええとこれは、判じ物でございますか」

「判じ物ではないよ」と、旦那さまは薄く微笑む。

番頭さんはいかにもそれらしく、目を細め左見右見《とみこうみ》して、掛け軸を検分する。

「はあ。しかし壺の絵でございますよね。味噌壺ですかな。梅干しを入れても塩梅《あんばい》がいいような。ありふれた色形に見えますが、いずれ小さな壺でございますな。それでもこう、ぽつりとひとつ描かれますと、何がしか風情がございますようで」

あらと声を出しそうになり、おつぎはあわてて手で口元を押さえた。それでも驚きの色まで消すことはできず、旦那さまはそれを見逃さなかった。

「おつぎはどうだ」

掛け軸を傾けて、おつぎの方へと向ける。

「おつぎには、この絵が何に見えるかね」

おつぎはにわかに冷や汗をかいた。旦那さまの目が怖い。

はい、わたくしには壺だけでなく、そのなかにお坊さんが入っているのが見えますと、素直に答えることができない。それを言ってはいけないような気がする。壺しか見えていない番頭さんの前では、どうしても言ってはいけないような気がする。

旦那《だんな》さまもそれをご承知の上で、おつぎに問いかけているような気がする。

「壺……でございますね」

からからになった喉《のど》から、ようやく声を絞り出して、おつぎは答えた。

「そうか」

短く言って、旦那さまは急に滑らかな動きを取り戻し、さらさらと掛け軸を巻き取った。

「ここの壁があまりに殺風景だから、軸のひとつも掛けようかと思ったのだが、壺では興が足りないな。もう少しげんのいいものを探してみよう。喜平、林町の木戸番の赤子はすぐに引き取ろう。おつぎ、赤子が来るからむつきの支度をしておくれ。台所に言って、重湯も炊かせよう。赤子の世話ならお千代《ちよ》が万事心得ているから、あれに話せば何でも調えてくれる」

お千代というのは古参の女中だ。はいと平伏するおつぎのうなじに、旦那さまは続けて言った。

「それから、あとで呼ぶから、私の部屋に来ておくれ。掛け軸も、年頃のおまえに選《え》ってもらうなら、少しは華のあるものが見つかるだろう」

「蔵を開けましょうか」と、喜平が抜かりなく尋ねる。

「なに、そこまでのことはないよ。掛け軸なら、長押《なげし》にいくつもしまってある。おまえが不調法者なら、私は無精者だ。あれは虫食いがきているかもしれないから、ちょうどいい折だ、広げてみよう」

旦那さまはすいと立ちあがると、掛け軸を小脇に、麻の足袋《たび》をしゅっと鳴らして
おつぎの脇を通り過ぎ、お救い小屋から出ていった。おつぎは頭を下げたまま、高鳴る動悸《どうき》を懸命に呑《の》み込んでいた。

「おつぎ、花にしろ、花に」

番頭さんは、おつぎの肩をぽんと叩《たた》いて、呑気《のんき》に掛け軸の絵のことを言っている。

「秋の花がいい。でも彼岸花はいけないよ。皆の気が滅入《めい》るからな。それとも蓮華《れんげ》がいいか。あれ、蓮華は西方浄土の花だね。存外むずかしいな」

いっそ栗か柿か――ああ早く秋がこないかねえ。繰り言を並べながら、懐から引っ張り出した手ぬぐいで汗をふいて、忙《せわ》しげにお店へと引き返してゆく。おつぎはその場にぺったりと座り込んだまま、さっき旦那さまのおられたところ、あのおかしな掛け軸の広げられていたところから、目が離せずにいた。

夕ご飯を済ませ、入れ替わりに湯屋に行く番を待っているところに、旦那さまからお呼びがかかった。夏の日も、さすがにとっぷりと暮れている。

今日は夕立がなかったので、田屋の広い屋敷のなかにさえ、暑気がどんよりと溜《た》

まったままだ。コロリが出てからこっち、涼気を運んでくる夕立はまさしく天の恵みに他ならず、ひと雨走ってくれると誰もがせいせいして気が晴れる。今夜はそれを欠いているから、埋め合わせだとばかりに、やけに盛大に蚊遣《かや》りを焚《た》いているようだ。

旦那さまは寝所の隣の六畳間におられた。気張ったお客さまではなく、親戚《しんせき》筋や古くからの知人など、気の置けない間柄の人が訪ねてきたときに通す座敷だ。ときどき番頭さんたちもここに呼ばれているのは知っていたが、おつぎは初めてである。

「唐紙を閉めて、こちらにおいで」

旦那さまは押入れと違い棚を背に、肘《ひじ》置きに左腕を載せて座っておられた。昼間と同じ塩屋絣《しおやがすり》の上に絽《ろ》の羽織を重ねている。

おつぎはいささかたじろいだ。羽織を着て人に会うというのは、とてもあらたまったけじめである。旦那さまは、寝巻きでいようが浴衣《ゆかた》でいようが奉公人にとっては旦那さまだけれど、わざわざ衣服を整えるという手順を通して見えるその覚悟に、おつぎは慄《おのの》いた。

あのおかしな掛け軸の絵は、旦那さまにとって、そこまで大事なものなのだろうか。当の掛け軸は、昼間と同じ細長い木箱に納められて、旦那さまの膝《ひざ》の前に置いてある。他の掛け軸など一本も出てはいない。おつぎに掛け軸を選ばせるなどというのは、やはり口実なのであった。

皮切りに、旦那さまは預かったばかりの赤子の様子などをお訊《たず》ねになった。おつぎは丁寧にお答えしたが、胸苦しいほどに緊張し、声がつかえて仕方がなかった。

内庭に向いた縁側には、軒下から二枚の簾《すだれ》をさげてある。障子は開け放ってあるので、ここも蚊遣りを焚いている。そよとも風の吹かない宵に、蚊遣りの煙が座敷全体をうっすらと紫色に染めていた。

「さて、おつぎ」

言葉の切れ目を見計らい、旦那さまは思い決めたようにつと座りなおすと、おつぎの顔を正面からごらんになった。

「そこの掛け軸を広げてごらん。そしてそこに何が描かれているか、おまえの目で見えたとおりに、私に教えておくれ」

はいと応じて手を伸ばしたが、どうにも指が震えて、おつぎは何度か木箱を取り落としそうになった。掛け軸を取り出すまで、ひどく不器用に手間がかかった。

旦那さまは何もおっしゃらない。ただ、おつぎの手元を見つめておられる。

広げてみれば、昼間と同じ掛け軸だった。小さな壺《つぼ》のなかに、破《や》れ衣一枚のお坊さんが、肩までみっしりと詰まっている。出てくるところか、入るところなのか。さらにかすれる声で、おつぎは見たままを申し上げた。

旦那さまは目をつぶり、ゆっくりと深く息を吐き出した。

「そうか。やはり、おまえには見えるのだね」

おつぎは言葉を続けられないまま、ただ頭を下げた。何かわからないが急に追われるように怖くなり、涙がにじんできた。

「申し訳ございません」

涙声で畳に両手をついてしまった。

「どうして謝る。おまえは何も悪いことをしたわけではないよ」

旦那さまは、お救い小屋にいる小さな子供たちを見るような眼差《まなざ》しで、おつぎの顔を見ておられた。

「でも、番頭さんは――」

「喜平には見えなかった。それも、あれの落ち度ではない。たいていの者の目には、これはただのつまらない壺の絵にしか見えないのだからね。見える者の方が少ないのだ。めったにいない」

目じりから涙がひとつ落ちたので、おつぎはあわててそれを押さえた。「それではあの、わたくしが不埒者《ふらちもの》なので、わたくしの目にだけは壺に入ったお坊さんが見えるということではないのでございますか」

旦那さまは微笑んだ。「もちろんだ。この絵の真《まこと》の図柄が見えるからといって、おまえに難があるというわけではない。なにしろ、私にも見えるのだからね」

旦那さまはおつぎの広げた掛け軸を取り上げると、お坊さんの形に沿って、指を動かしておみせになった。

「不思議な絵だろう。おかしな顔の坊主だ。どうやってこの壺に入ったのだろうね。だいいち歳の見当もつかない。宗派もわからぬ」

少し気を取り直して、おつぎは尋ねた。

「旦那さま、番頭さんには、この絵は判じ物ではないと仰せでございました。何かの見立てということもございませんのでしょうか」

「ああ、それもないね。これはおそらく、あるがままの絵なのだろうよ」

軽くかぶりを振り、旦那さまは人差し指で、壺のふくらんだ部分を指した。

「おつぎ、ここには何か見えないか」

釉薬《うわぐすり》の垂れた色柄が見えるだけである。

「見えません……」

「そうか。これはすぐには見えないものなのだな。私も、見えるようになるまで何年かかかった」

「そこにも何かあるのでございますか」

「うむ。俳句を書き付けた短冊が貼ってある。もっとも途中で破れて、下の句だけしか残っていないが」

〝神のまじなひ　疫の風〟

そういう下の句だという。

しかし、何度ためつすがめつしても、おつぎの目には短冊は見えなかった。

旦那《だんな》さまは、古びた掛け軸のしわを伸ばすようにしながら、丁寧な手つきで畳の上に置いた。そしておっしゃった。

「おまえにこれが見えるのならば、昔話をしなくてはならない。長くはかからないが、どうやら先ほどから蚊遣りが煙いようだから、縁側に出すといいだろう」

おつぎはそのとおりに、いぶる蚊遣りを簾のすぐ下まで遠ざけて、元のところに戻ろうとした。

掛け軸のなかのお坊さんは、縁側の方に向いていたので、蚊遣りを動かして振り返ったとき、おつぎはひょいとそれを見た。

と、それが動いたように見えた。肉付きのいい右肩が、壺から右腕を引っ張り出そうとするかのように、ぐうと上下したように見えたのだ。

行灯《あんどん》のせいだろうか。だけど、明かりは揺らめいてなどいないのに。

「今、何か見えたかね」と、間髪を容《い》れず、旦那さまがお訊《たず》ねになった。

「は？　ええ、はい」おつぎは片手を胸にあてた。どきんどきんと心の臓が跳ねている。

「今、このお坊さんが動いたように――」

「ああ、そうか」

かねてわかっていたことだというように、あっさりと旦那さまはうなずいた。

「また動くのを見るのが怖ければ、しまってしまおう。なに、もう広げておかねばならない用はないのだ」

おまえという者が見つかったのだから――そうつぶやく旦那さまの目が、暗く光った。

三十年も昔の話だそうである。

「おまえも知っているとおり、この田屋は私で三代目だ。ここまで身代を大きくしたのは、もっぱら私の父、二代目の手柄だが、初代である私の祖父も、なかなか勝気な商売人だった。なにしろ筏縛《いかだ》り――おまえたちが男伊達《だて》だともてはやす〝川並《かわなみ》〟だな――の職人を振り出しに、とにかく材木商の株を買うところまでこぎつけた人なのだから。もっとも、祖父の手柄話はこのこととは関わりがない。ただ、そのころすでに、田屋はこのあたりに店を構えていたということだけを覚えておけばいい。

ちょうど三十年前の、師走《しわす》も押し詰まったころのことだ。煤払《すすはら》いも済んで正月を迎えるばかり。他の商家ならば少しは気の緩みかけるところだが、材木商というのは、冬場はまったく気が抜けない。どこかで火事があれば、すぐ大きな商売の話になるからね。とりわけこの年は風が強く、いちだんと火事も多かったからなおさらだ。私は明けてようよう十五になるという小倅《こせがれ》だったが、祖父や父の商いの話に、少しずつ交ぜてもらえるようにもなっていたころだった。

あれは小雪のちらつく、寒い朝だったことを覚えている。店の表戸の前に、痩《や》せこけた行き倒れの僧を見つけたのだ。降る雪をさえぎる笠《かさ》もなく、破れ汚れて袖《そで》さえ失くなった薄い衣に、埃《ほこり》だらけの袈裟《けさ》をかけていた。身体はすっかり凍え、脛《すね》にもふくらはぎにも、霜に焼かれた赤黒い痣《あざ》が点々と散っていた。履物さえはいていないので、左足の親指が、これも霜のせいだろう、腐れ落ちているのがよくわかった。

祖父も父も心根の優しい人だったから、どれほどみすぼらしく汚くても、行き倒れを放ってはおかなかった。すぐに家のなかに運び込み、あれこれと手当てをしたものだ。その甲斐《かい》あって、僧は息を吹き返した。身体が弱りきっているので、うまく話ができなかったが、根気強く聞き出してゆくと、彼は遠州《えんしゅう》にある法泉寺《ほうせんじ》という寺から、住職の言いつけで、房州《ぼうしゅう》にあるその末寺まで、三巻の経を届けにゆく途中だということがわかった。

いくら大切な目的のある旅だとしても、この季節にこの出《い》で立ち、この身体で行こうというには無理がありすぎる。祖父も父も、身体がよくなるまでは当家で養生し、春を待つことまではできずとも、少しでも寒気が緩むまで逗留《とうりゅう》なさればいいと勧めた。

しかし旅の僧はかぶりを振った。お志は有り難いが、自分はもう命が尽きた。手厚い看護をいただいた上に、亡骸《なきがら》の始末までしていただくのはまことに申し訳ないが、今夜ひと晩こせないだろうと、回らぬ口で、妙に淡々と言うのだ。

祖父も父も懸命に慰め励ましたが、一方では驚いてもいた。呼び寄せた町医者に、もうどんな手当ても無駄だ。あの方はすぐに死んでしまうだろうと言われていたからだ。

そして旅の僧は、世話になった礼をしたいと言い出した。

祖父も父も、まともには受け取らなかった。この僧が、礼として差し出せるようなものを持っているはずがない。お気持ちだけで充分だと宥《なだ》めたが、しかし僧は聞き入れない。

そのうえに、奇妙なことを言った。

――拙僧の差し出す礼が、あなた方にとって幸あるものとは限らぬ。限らぬが、あなた方の力となるものであることには疑いがない。それでよろしければ、ぜひとも受け取ってくだされ。拙僧の荷のなかに、それはある。

彼は背中に、これも破れほつれた風呂敷《ふろしき》包みを背負っていた。請われて開けてみると、白い絹布に包まれ、紫の袱紗《ふくさ》に包まれた経巻が三巻あった。これこそ彼が、末寺に届けよとの命を受けた品物だろう。その他に、細長い木箱がひとつある。僧は、それこそが礼だというのだ。

――開けてみられよ。そしてこの家に住まうすべての人に見せられよ。

死にかけた人の頼みではあるし、ましてや相手は僧侶《そうりょ》だ。なかなか聞き捨てにはできない。祖父が木箱を開けてみると、そこには掛け軸が入っていた」

旦那さまはいったん言葉を切ると、丸めとって木箱に納めた、傍らの掛け軸に目を落とされた。

「他でもない、この掛け軸がそうだ」

　ゆっくりとうなずいて、おつぎはごくりと空唾《からつば》を呑《の》み込んだ。

「広げてみると、祖父には壺《つぼ》が見えた。何の意匠もしゃれたところもない、粗末な壺の絵が見えた。父にも、母にも、私の兄弟姉妹にも、奉公人たちにも、ちょうど来合わせた町医者にも、みな同じものが見えた。壺だ。つまらない壺の絵だ。

　しかし私には、別のものも見えた。

　壺のなかに、肩口まではまっている僧の姿が見えた」

　旦那さまはそう言って、片手を額にあてた。眉《まゆ》を寄せている。

「しかも、絵のなかの、壺にはまっている僧は、目の前の死にかけている旅の僧と同じ顔をしていた」

　おつぎが何を言うまでもなく、旦那さまは顔を上げて、

「今もその顔が見える」と言い足した。「それはつまり、その旅の僧が達者だったころの顔――という意味だ。肉付きよく、血色もいい。思うに、絵のなかにあるのは、あの僧の、旅に疲れて痩せ衰える前の姿なのだろう。目鼻立ちなどに変わりはなかったからね。すぐにわかった」

おつぎはしっかりと両手を組み合わせ、力を込めて指を握った。そうやって自分につかまっていないと、怖くて聞いていられなかったのだ。

「私たちがそれを僧に告げると、僧は祖父と父と私だけを枕辺に呼び寄せた。

──ゆくゆくはこのお店の三代目になろうという倅殿に、壺のなかの僧が見えたというのはめでたいこと。これで拙僧も心安んじて死ぬことができましょう。

さっきも話したとおり、祖父は根っからの商売人だから、その壺のなかの僧とは、商人《あきんど》にとって縁起の良いもの、富貴の神のようなものなのですかと問いかけた。すると旅の僧は、無残に削《そ》げた頰を緩ませて笑ったものだ。

──いえ、富貴の神ではない。しかし、金では買えぬ価値あるものにございます。

では何だと、さすがに不安を感じたらしく、父は面をあらためて問い詰めた。

すると旅の僧は答えた。

──あれは聖《ひじり》にございます。世の中の、ありとあらゆる疫病から、倅殿をお守りすることでありましょう。また疫病から無力な人びとを守る知恵をも、倅殿に与えることでしょう。

私たちは顔を見合わせた。

商売一本やりの祖父はともかく、父は信心深い人だったから、内心、首をひねったそうだ。壺のなかに入っている聖の話など、どんなけっこうな法話でも聞いたことがない。これは病人のうわ言なのだろうと、腹のなかで思ったそうだ。

――ただし、この聖の力には、ひとつだけ厄介なものがついておる。真っ直ぐな心さえあれば捌《さば》くことのできる厄介ながら、それを押しつけることになってしまったのは、まことに相済まない。しかし、倅殿には見えてしまったのだから、最早致し方のないこととお許しを請うばかりである。

それだけ言い残して、口の端に薄い笑みをたたえ、その晩、僧は死んでしまった」

旦那さまのお話が、そこでぷつりと切れた。苦いお顔で畳の目を睨《にら》んでいる。

「それでは……」おつぎは、そっとその目の先を窺《うかが》うように申し上げた。「旅のお坊さんは、田屋で葬って差し上げたのでございますね」

旦那《だんな》さまは我に返ったようにまばたきをすると、なぜかしらぶるりと身震いをした。

「ああ、そうだ」

「その法泉寺というお寺には、お知らせになったのでございますか」

「それがな、おつぎ」

今さらのように少し腹立ちを見せて、旦那さまはおっしゃった。「人を遣《や》り、多少の金子《きんす》も使って調べさせたのだが、遠州のどこにもそんな寺はなかったのだ。法泉寺という名称の寺ならばあった。だがそこの住職は、末寺に経を届けろなどと、修行僧を遣った覚えはないという。それどころか」

膝《ひざ》を軽くひと打ちして、

「何か手がかりにならないかと、もう一度僧の手荷物をあらためた際、重々気をつけた上で、三巻の経だという包みも開いてみた。ところが、それは経ではなかった。ただの白紙だったのだ」

死んだ僧は道中手形も持っていなかったという。どこの誰なのか、まったくわからない。本当に旅の僧であったかどうかさえ定かでなくなった。ある日突然、田屋の表戸の前に現れ、謎めいた掛け軸ひとつを託して死んでしまった。気づいてみれば、彼の名前すら、誰も聞き出していなかったのだ。

「しかし、僧の話は嘘ではなかった」

おつぎの肩越しに、行灯《あんどん》の届かぬ夏の夜の闇の方へ目をやりながら、旦那さまの声が低くなった。

「年が明けてすぐ、江戸に性質《たち》の悪い咳《せき》の病が流行《はや》った。三日から五日ばかり、口から血を吐くほどに咳《せ》き込んで、身体が弱って死んでしまう。一人患者が出れば、まわりの者にも次々と感染《うつ》る。さてどれほど人が死んだかな。去年の大コロリの折ほどではなかったにしろ、たいへんな流行だった。

しかし、私はかからなかった。

しかも私には、どうしたら咳の病にかからずに済むか、どうすれば身を守れるかがわかった。誰に教えられたわけでもない。しかし、わかったのだ。それらの知恵が、当たり前のようにこの頭のなかから出てきたのだ。だから、家の者たちを始め、声の届く限りのところにそれを教えた。私の教えに従った者たちも、咳の病を免れた。私の教えを退けた者は、ひとしなみに咳の病に斃《たお》れた。

僧の言っていたとおりのことが起こったのだよ、おつぎ」

同じようなことは、流行り病が起こるたびに繰り返されたそうである。

「もっとも、幸いなことにそれらの病は、先年や今年の大コロリのような大がかりなものではなかったからな……」

昔を思い出すように遠い目をしている旦那さまに、おつぎは深く頭を下げた。

「旦那さまがコロリを退けてしまわれる手際の鮮やかさに、あたしたち奉公人はいつも心を打たれておりましたけれど、一方では不思議でもございました。お話を伺って、得心がいきました。ありがとうございます」

旦那さまは、悲しそうに目元を細めておつぎの顔を見た。

「これからはおまえだ。おまえが私と同じような役割を務めることになる。おまえには、壺のなかの僧——聖が見えてしまったのだから、否《いや》でも応でもそうなるしかない」

「でも、旦那さま。あたしのような者には何もできません」

おつぎを制して、旦那さまは唐突におっしゃった。「私はもう、そう長くない」

息を吞むおつぎに、ひっそりと笑いかける。

「そんなに驚いてはいけないよ。明日《あした》死ぬ、あさって死ぬというわけではない。あと二、三年の内だろう。これも確かにわかるのだ。半月ばかり前から、急にそんな気がしてきて、日ごとに強まってゆく。あの聖が教えてくれているのだろう。そして私に、早く跡継ぎを決めろ、掛け軸の絵のなかに、聖の姿を見ることのできる者を探せとせっついている。

だから私は、この掛け軸をお救い小屋に持って行ったのだ。身近な者をコロリに奪われ、しかし命を拾った運の強い者、疫病の怖さを、それの生む悲しみを身にこたえて知っている者のなかにこそ、聖を見ることのできる者がいてほしいと願ったからだ」

一度口を結んでから、目を伏せて、重々しくこう言い足した。

「聖を見て力を得ることは、すなわち、ある厄介を引き受けることでもあるからな」

蒸し暑さを忘れ、おつぎは背中がぞくりとするのを感じた。次はおまえだとおっしゃるけれど、その〝厄介〟とは何なのだ？

旦那さまは急に疲れたように姿勢を崩し、片手で両のこめかみを押さえた。半身がぐらりと揺れる。おつぎははっと立って支えようとしたが、旦那さまは畳に手をついて持ち直した。

「いや、大丈夫だよ、おつぎ。今夜の話はここまでにしておこう」

「でも――」

おつぎの心は宙吊《づ》りだ。これではあんまりだ。

「あたしは――どうしたらよろしいのでしょう。とても恐ろしいのです。旦那さまのおっしゃる〝厄介〟というのは、どんなことなのでございますか」

旦那さまは、謝るように何度もうなずきながら、おつぎの腕を軽く叩《たた》いた。

「それはくどくどと言うよりも、見てもらった方が話が早い。小一郎に暇をとらせて呼び寄せた上で、またおまえを呼ぶからそのつもりでいなさい。それとおつぎ、おまえは今夜から一人で寝るのだ。蒲団《ふとん》部屋にしているあの部屋を使いなさい。必ずそうするのだぞ。相部屋の女中たちには、おまえはお救い小屋で働いているから、あるいはコロリの心配がある、だから寝所を分けるのだと言いなさい。私の方からもちゃんと言い含めてやるから心配はない」

次から次へと、目が回りそうだ。若旦那を呼び寄せる？　一人で寝なければならない？

どういうことだ？　これまでの話と、どうつながるというのだろう。

「おまえは昼寝や居眠りなどする怠け者ではないから、よかった」

謎のような言葉を聞かされただけで、おつぎは旦那さまの座敷を追い出されてしまった。

その晩、まだ蒲団を積み重ねてあるところに、隙間を見つけてもぐりこむようにして横になった。暗くて狭苦しくてたまらない。そのせいか、おつぎは妙な夢を見た。おつぎの床のまわりを、何かがぞろりぞろりと這《は》い回っている。その気配がする。音がする。

これは何だろう。寝ているはずなのに、うっすらと目に見えるのは、ぬらぬらと光る蛇のようなものだ。あるいは、茎の太い海草のようにも見える。磯の匂いのような、湿っぽいものが鼻先を通り過ぎる。生臭い。生暖かい。それがおつぎのまわりを回る。女たちがたぐって回す大念珠さながらに。ぞろりぞろり。

どこかから念仏の声も聞こえる。

朝、目覚めたときには、おつぎの寝巻きは寝汗でぐっしょりと濡《ぬ》れていた。


それから十日後のことである。

若旦那の小一郎さんが、奉公先から田屋に帰ってきた。これからは旦那さまを手伝って、田屋の仕切りを習うのだという。

おつぎは若旦那に会うのは初めてだ。旦那さまによく似ておられると思った。顎《あご》の形はそっくりだ。それにお声も。

この小一郎さんが、居並んで挨拶《あいさつ》をする奉公人たちを前に、どういうわけかしみじみとおつぎの顔ばかりを見ておられる。

隣に座る旦那さまは、そんな若旦那をまたしみじみと眺めておられる。

夕方、おつぎはまた旦那さまの座敷に呼ばれた。コロリの流行は頂点にさしかかり、お救い小屋は満杯の様相で、おつぎは立ち居振る舞いのたびに骨がきしみそうなほどに疲れていたが、あれっきり宙吊りにされていた心の落ち着きどころを教えていただけるのかと、雲を踏むような心地で参上した。

この十日、おつぎの身には、確かな変化が起こっていた。これまでは旦那さまの言うなりに、コロリを避ける手配をしてきただけだった。でも、今ではそれが本当に〝正しい〟とわかるのだ。旦那さまが見落としていそうな手配りを、自分で見つけることとさえあった。

あの壺《つぼ》のお坊さん、聖《ひじり》の力が確かに宿っている。おつぎはそれを確信した。そうなると、ますます魂が焼けるほどに気になってくる。疫病を避ける力にくっついている〝厄介〟というものの正体が。

座敷には若旦那《わかだんな》も呼ばれていた。

「おつぎ、長く待たせて悪かったな」

旦那さまは言って、何か約束事を確かめるかのように傍らの若旦那を見返った。彼も、心得た様子でうなずきを返す。

「今夜、夜中に小一郎がおまえを呼びに行く。二人で私の寝所へおいで。寝ている私の姿を、おまえに見てもらいたいのだ」

あまりに突飛な言いつけで、おつぎは何とも答えかねた。

「旦那さまの――お寝《やす》みになっておられるお姿をでございますか」

「そうだ。それが例の〝厄介〟の正体だ。見ればどういうものか、すぐにわかる」

真夜中過ぎ、すっかりおつぎ一人の部屋としてなじんでしまった蒲団部屋の唐紙を、若旦那がほとほとと叩いた。開けてみると、手燭《てしょく》を掲げて立つ若旦那の顔と姿が、あまりにも旦那さまに似て見えてびっくりした。

「さあ、おつぎ。私についておいで」

田屋の屋敷は建て増し建て増しで広げてきたので、蒲団部屋から旦那さまの寝所まで、うねうねと廊下を曲がって行かねばならない。若旦那は無言で先に立っていたが、旦那さまの寝所のひとつ前の小座敷まで来ると、足をとめて息を整え、手燭を持ち直しておつぎに向き直った。

「おつぎ。おまえには申し訳ないと思っている。おとっつぁんは、本当は私を跡継ぎにしたいと思っていたんだよ。お店の跡継ぎというだけじゃなく、あの聖の力を受け継ぐ方の跡継ぎもだ。だが、残念ながら私には、壺の坊主を見ることができなかった。どれほど念入りに掛け軸をあらためても、私には壺しか見えなんだ」

言葉つきだけでなく、本当に悔しそうに眉《まゆ》をひそめている。

「おまえは私の身代わりだ。だからというのではないが、私はおまえを嫁に迎えようと思っている。むろん、おとっつぁんもそのつもりでいる。だから、今後のことは何ひとつ案じなくていい。おまえの身柄は、確かに田屋で預かるのだから、大船に乗った心地でいておくれ」

そして気弱そうに微笑むと、

「おまえはよく働くし、磨けばなかなか光りそうな器量だ。私はおとっつぁんほどの石部金吉ではないけれど、けっして女道楽などしないと約束しよう」

では——と、若旦那は唐紙に手をかけた。

「そっとのぞきこむのだよ。おとっつぁんが目を覚ましてしまうと、わからないからね」

こっちは今だって何だかわからないと思いつつも、促されるまま、おつぎは旦那さまの寝所をのぞきこんだ。

手燭を差しかけると、旦那さまの蒲団の絹が白く光った。今思えば、おつぎによく見えるようにわざとそうしていたのだろうが、旦那さまは上掛けをかけていなかった。

蒲団の上に横たわっているものは、旦那さまではなかった。

そも、人の姿をしていなかった。

大きな蛸《たこ》の足を見ているかのようだ。うねうねぐにょぐにょとしたものが、ひっからまって山になっている。そのままの形でうごめいている。あるいは、時化《しけ》で磯に打ち上げられた海草の塊か。濡れてべとつき、ほぐしようもないほどだ。

その忌まわしい生き物の方から、寝息だけが聞こえる。人の寝息だ。

旦那さまの寝息だ。

「寝ているあいだだけ、ああいう姿になってしまうのだ」と、若旦那がおつぎの後ろで囁《ささや》いた。息を止めているように、苦しげな早口になっている。

「あれはおとっつぁんの姿じゃない。あの聖の姿だ。それが、おとっつぁんの身体が眠ると外に現れてくる」

わさりわさりと動く触手の群れを、そのぬめぬめとした鈍い光を見つめながら、出し抜けにおつぎは悟った。あの夢を思い出した。あたしの寝床のまわりをぞろりぞろりと這い回っていたもの――

あの正体がこれだ。壺のなかの坊主。肩より下、壺のなかに隠れているのはこれだったのだ。

あれが、あたしにも憑《とり》いてしまった。

おつぎは声も出せないままその場に倒れた。

安政のコレラの大流行は、もっとも猖獗《しょうけつ》をきわめた安政五年だけに留《とど》まらず、六年、七年と三年続いた。

どの年も、田屋ではお救い小屋を建てて、病に怯《おび》える人々をよく援《たす》けた。

三代目田屋重蔵が死んだのは、万延元年の初冬のことである。脳卒中であった。倒れて三日で、静かに息を引き取った。

跡取り息子の小一郎は、四代目におさまると共に父の名の重蔵をも引き継いだ。そして、翌年、父の喪が明けるとすぐに、女中のおつぎを妻に迎えた。

おつぎにしてみればたいへんな玉の輿《こし》だし、四代目重蔵はまさしく庭先から嫁をとったことになるわけだが、この縁組は三代目重蔵が死ぬ以前から固められていたものなので、とやかく言う者はいなかった。

夫婦は仲睦《なかむつ》まじかったが、どういうわけか寝所を別にしている。奉公人たちは不思議がった。どうやら、お内儀さんは寝つきが悪いらしい。女中をしていたころも、一人で蒲団《ふとん》部屋に寝ていたものね。

おつぎは、田屋のお内儀という立場に慣れるよりも、聖の力に慣れることの方に、よほど苦労を強いられた。

　無造作に掛け軸を見せた先代を恨んだこともある。うっかり見てしまった己を責めたこともある。

　それでも、聖の力は確かに疫病を退ける。疫病のもたらす悲惨から、人びとを守ってくれる。

　受け継いでゆくしかない。受け継いだ以上は、役に立ててゆくしかない。

　外国船の来航が増え、世の中は日ごとに騒がしくなってゆく。それでなくとも不安な日々だ。このうえに、またぞろあの大コロリのような疫病の流行でも起こった日には、末法の世さながらの悲惨なことになるだろう。おつぎ一人でそれを食い止められるわけもないが、できることがあればやらねばならない。

　それに、もうすぐおつぎも人の親になる。

　腹のなかの赤子が順調に育ち、どうかするとおつぎを内側から蹴《け》ったりして、思わず微笑を浮かべてしまうようになったころ、ふと思い立って、おつぎはあの掛け軸を取り出してみることにした。

　もうだいぶ腹がせり出していて足元がおぼつかないし、伸び上がるのは剣呑《けんのん》なので、夫に頼んで長押《なげし》から取り出してもらった。そして二人で広げて見た。

おつぎは、あっと小さな声をあげた。

壺はそのままだ。そこに、肩先から上だけのぞかせて、お坊さんがすっぽりとはまっていることも変わりない。

でも、お坊さんの顔が変わっていた。あの太い眉毛の異相ではない。

先代の旦那さまが、そこにいた。

「どうしたんだ、おつぎ」

尋ねる夫に、そうかこの人には見えないのだと、おつぎはようやく思い出した。

「何でもないの」

そう言って、丁寧に掛け軸を丸めなおしながら、おつぎは絵のなかの舅《しゅうと》に微笑みかけた。

気のせいか。気のせいだろう。壺にはまった田屋三代目重蔵も、微笑み返したように見える。そしておつぎが掛け軸を巻き取るのにあわせて、ゆっくりと、ゆっくりと、壺のなかへ吸い込まれていった。

（角川文庫『お文の影』に収録）

解説

末國《すえくに》善己《よしみ》

お仕事小説が、人気を集めて久しい。この背景には、終身雇用、年功序列を維持する企業が減り、非正規で働く人が増えるなど労働環境が激変するなか、どのような働き方を選択すべきかに迷う人たちが増えている現状があるように思える。

実は、お仕事小説というジャンルが定着する前から、時代小説には商人や職人など働く人たちをクローズアップする作品が多かった。そのことは、大正末期《たいしょう》に近代的な時代小説を作る大衆文芸運動をリードした白井喬二《しらいきょうじ》が、建築家が奇怪な事件に巻き込まれる短篇「怪建築十二段返し」でデビューし、築城家の二つの流派の確執を追った大河ロマン『富士に立つ影』を代表作とすることからも明らかだろう。

お仕事時代小説は、山本周五郎《やまもとしゅうごろう》、藤沢周平《ふじさわしゅうへい》、北原亞以子《きたはらあいこ》、宇江佐真理《うえざまり》、山本一力《やまもといちりき》らによって継承されながら発展し、現代に至っている。本書『商売繁盛　時代小説アンソロジー』は、現在、お仕事時代小説を牽引《けんいん》している女性作家が発表した傑作五篇をセレクトした。いずれの作品も、江戸《えど》の情緒や当時の働き方、商売のあり方などを丁寧に描きつつ現代的なテーマも浮かび上がらせているので、過去の出来事とは思えないほどのリアリティが感じられると考えている。

　巻頭に置いた朝井《あさい》まかて「晴れ湯」は、江戸の町で様々な仕事をしている人たちに着目した短篇集『福袋』の一作で、湯屋《ゆうや》を舞台にしている。

　江戸の各町内には最低でも一、二軒はあった湯屋は、毎日入浴する習慣があった江戸の人たちの社交場の役割も果たしていた。そのため湯屋は、市井ものの時代小説では必ず登場するが、その実情に詳しい読者は少ないのではないか。作中には、菖蒲湯《しょうぶゆ》の日は客が湯銭のほかに祝儀を出す、備えつけの小桶《こおけ》は無料だが、その人専用の留桶《とめおけ》は節句ごとに二百文出して新調するなど、知っているようで知らない湯屋の内情が活写されており、そこも読みどころになっている。

　本作の主人公は、神田《かんだ》松田町《まつだちょう》にある松乃湯《まつのゆ》を営む夫婦のひとり娘で、十歳になったお晴《はる》。両親が考えている以上に家業の手伝に情熱を注いでいるお晴は、早く湯屋の仕事を覚えようと懸命に働いている。好きな仕事に打ち込んでいるお晴だが、自分より仕事を覚えるのが早い後輩の少年が現れたり、日常的に裸を見る仕事であるがゆえに手習《てならい》塾の仲間に揶揄《やゆ》されたりすると、落ち込むこともある。

どんな仕事をしていても、お晴のような葛藤《かっとう》を抱えることがあるので、悩みながらも前に進むお晴には共感も大きいのではないだろうか。

梶《かじ》よう子《こ》『月に叢雲《むらくも》、花に風』は、江戸後期に広まった三十八文店《みせ》、現在でいえば百円ショップの「みとや」を経営する長太郎《ちょうたろう》とお瑛《えい》の兄妹《きょうだい》を主人公にした『ご破算で願いましては』の一篇である。

長太郎が仕入れてきた守り刀が、夜中に鳴動を始めた。噂話によると、昔、武家の姉妹の血を吸った守り刀があり、その刀を手にした因業な質屋が連続して不審な死を遂げたという。お瑛は「みとや」にあるのが、祟《たた》る守り刀だと考え怯《おび》える。

小間物問屋の大店《おおだな》だった実家を手放した過去がある長太郎とお瑛は、「みとや」を発展させて実家を再建したいと考えている。祟る守り刀という怪談が、お瑛たちの目標と重なっていく意外な展開になる本作は、会社が倒産したり、リストラされたりした人が再チャレンジできない状況が、社会の閉塞感《へいそくかん》に拍車をかけている現状への異議申し立てのようにも思えた。

「利休鼠」は、〈しゃばけ〉と並ぶ畠中恵《はたけなかめぐみ》の人気シリーズで、付喪《つくも》神《がみ》と化した古道具を数多く扱う古道具屋兼損料屋「出雲屋《いずもや》」を営む清次《せいじ》とお紅《こう》を主人公にした『つくもがみ貸します』の一篇である。損料屋は現代でいえばレンタルショップで、井《い》原西鶴《はらさいかく》が一六八八年に刊行した浮世草紙『日本永代蔵《にっぽんえいたいぐら》』にも言及があるので、その歴史はかなり古いといえる。

近所にある岡場所へ商売に出掛けた清次は、常連の遊女から付喪神が関係するトラブルで困っている武士を紹介された。そのため岡場所の揚代《あげだい》や、遊び方、働く女性の実情などが詳しく描かれているのも興味深い。問題の武士・佐久間勝三郎《さくまかつさぶろう》は次男だったが、嫡男が亡くなった名家の蜂屋《はちや》家に婿入りすることが決まった。蜂屋家では跡取りが鼠の形の根付けを継承していたが、その根付けが鼠に変じ逃げ出したという。根付けを捜して欲しいと頼まれた清次は、「出雲屋」が持っている古道具を蜂屋家などに持ち込み、付喪神たちが集めた情報をもとに謎を解こうとする。

本作には長く使われた道具は本当に付喪神になるというシリーズのルールを利用した仕掛けがあるので、真相が明らかになった時には驚きも大きいはずだ。奇妙な事件を通して、家族の世話で貧困に陥る現実、出世する人間に否応《いやおう》なく感じてしまう嫉妬《しっと》心など、現代とも無縁ではない問題を浮かび上がらせたところも鮮やかだ。

上野《うえの》の寛永寺《かんえいじ》、不忍池《しのばずのいけ》の周辺は、江戸時代から風光明媚《ふうこうめいび》な観光地として有名で、現在でいえば料亭の料理茶屋が立ち並んでいた。その一方で人が押し寄せる寺町ということもあり、男女に密会の場を提供する出合《であい》茶屋も多かった。西條奈加《さいじょうなか》「千両役者」は、この界隈《かいわい》を舞台にした『上野池之端　鱗や繁盛記』の一篇である。

鱗《うろこ》やは池之《いけの》端《はた》にある料理屋だが、高級店だったのは今や昔、場末の岡場所も同然に落ちぶれていた。そんな鱗やの再建に乗り出したのが若旦那《わかだんな》の八十八朗で、店を全面リフォームし、女中の着物も一新する。さらに姑《しゅうとめ》が贔屓《ひいき》にしている人気役者で食通としても有名な小村《こむら》伴之《ばんの》介《すけ》を囲む会を、鱗やで開くことも計画する。こうした八十八朗の改革は、店のイメージと信頼性を高めるブランディングや、インフルエンサーを使ったマーケティングといえるので、経営の参考になるほどだ。

だが伴之介を囲む会で、落花生にアレルギーがある客に、落花生油が入った食事を出してしまう。誰がどのように落花生油を入れたのかを探るところは、「月に叢雲、花に風」「利休鼠」と同様にミステリとして秀逸で、八十八朗のトラブルシューティングの見事な手際は、不祥事対応が苦手な日本企業への皮肉とも読める。

宮部《みやべ》みゆき「坊主の壺《つぼ》」は、怪談集『お文の影』の一篇である。

斎藤月岑《さいとうげっしん》『武江《ぶこう》年表』は、一八五八年のコロリ（コレラ）の流行を「この病に終れる者凡弐万八千余人、内火葬九千九百余人なりしといふ。実に恐るべきの病」と書いている。本作は幕末のコロリの流行を背景にしており、その描写は生々しい。

本作は、コロリのたびにお救い小屋を出している材木問屋田屋《でんや》の主人《あるじ》・重蔵《しげぞう》の活動を、重蔵に救われた少女おつぎの視点で描いている。そのため、材木の商いではなく、現代的にいえば企業経営者によるボランティア活動を軸にしたといえる。

江戸時代の商人は、丁稚《でっち》、手代、番頭へと出世する過程で、店主や上司、先輩から商売のノウハウだけでなく、質素、倹約、礼儀などの商道徳を徹底して叩《たた》き込まれたので、高い倫理観を持っていたとされる。感染症に苦しむ人たちを無私の精神で救う重蔵は、江戸の商人の心意気を示すのはもちろん、金を稼ぐためなら手段を選ぶ必要がないという近年の風潮を批判する役割も担っているのである。

ただ物語が進むにつれ、重蔵の献身は善意だけでなされているのではなく、ある怪異と結び付いている事実が判明し、この不可思議な事態におつぎも深くかかわることになる。選ばれた者、優れた者が背負う〝業〟というテーマは、著者の『龍は眠る』『クロスファイア』などの超能力ものの現代小説とも共通している。

本書の作品セレクトは、新型コロナウイルス感染症（COVID-19）がまだ〝対岸の火事〟だった時期に行った。「坊主の壺」を選んだのはクオリティを優先した結果の偶然である。新型コロナの終息が見通せず、リモートワークの拡大など日本の労働環境はさらなる変革を求められているが、このような時代に、本書が働くすべての人に勇気と希望の〝光〟になることを願ってやまない。

本書は文庫オリジナルです。

商売《しょうばい》繁盛《はんじょう》

時代小説《じだいしょうせつ》アンソロジー

朝井《あさい》まかて　梶《かじ》よう子《こ》
西條《さいじょう》奈加《なか》　畠中《はたけなか》恵《めぐみ》　宮部《みやべ》みゆき
末國善己《すえくによしみ》＝編

令和２年 11月25日　初版発行

発行者●青柳昌行

発行●株式会社KADOKAWA
〒102-8177　東京都千代田区富士見2-13-3
電話　0570-002-301（ナビダイヤル）

角川文庫 22428

印刷所●株式会社暁印刷
製本所●本間製本株式会社

表紙画●和田三造

●お問い合わせ
https://www.kadokawa.co.jp/（「お問い合わせ」へお進みください）
※内容によっては、お答えできない場合があります。
※サポートは日本国内のみとさせていただきます。
※Japanese text only

ISBN 978-4-04-109668-0　C0193

◇◇◇

角川文庫発刊に際して

角 川 源 義

第二次世界大戦の敗北は、軍事力の敗北であった以上に、私たちの若い文化力の敗退であった。私たちの文化が戦争に対して如何に無力であり、単なるあだ花に過ぎなかったかを、私たちは身を以て体験し痛感した。西洋近代文化の摂取にとって、明治以後八十年の歳月は決して短かすぎたとは言えない。にもかかわらず、近代文化の伝統を確立し、自由な批判と柔軟な良識に富む文化層として自らを形成することに私たちは失敗して来た。そしてこれは、各層への文化の普及滲透を任務とする出版人の責任でもあった。

一九四五年以来、私たちは再び振出しに戻り、第一歩から踏み出すことを余儀なくされた。これは大きな不幸ではあるが、反面、これまでの混沌・未熟・歪曲の中にあった我が国の文化に秩序と確たる基礎を齎らすためには絶好の機会でもある。角川書店は、このような祖国の文化的危機にあたり、微力をも顧みず再建の礎石たるべき抱負と決意とをもって出発したが、ここに創立以来の念願を果すべく角川文庫を発刊する。これまで刊行されたあらゆる全集叢書文庫類の長所と短所とを検討し、古今東西の不朽の典籍を、良心的編集のもとに、廉価に、そして書架にふさわしい美本として、多くのひとびとに提供しようとする。しかし私たちは徒らに百科全書的な知識のジレッタントを作ることを目的とせず、あくまで祖国の文化に秩序と再建への道を示し、この文庫を角川書店の栄ある事業として、今後永久に継続発展せしめ、学芸と教養との殿堂として大成せんことを期したい。多くの読書子の愛情ある忠言と支持とによって、この希望と抱負とを完遂せしめられんことを願う。

一九四九年五月三日

角川文庫ベストセラー

葵の月
梶よう子

徳川家治の嗣子である家基が、鷹狩りの途中、突如体調を崩して亡くなった。暗殺が囁かれるなか、側近の書院番士が失踪した。その許嫁、そして剣友だった男は、それぞれの思惑を秘め、書院番士を捜しはじめる――。

秋葉原先留交番《さきどまり》ゆうれい付き
西條奈加

ネオンまたたく電気とオタクの街――秋葉原。そこに佇む交番に持ちこまれる、ご当地ならではの「謎」を、オタクの権田と天然イケメンの向谷、凸凹警察官コンビが解き明かす。著者新境地の人情ミステリ！

ゆめつげ
畠中恵

小さな神社の神官兄弟、弓月と信行。しっかり者の弟に叱られてばかりの弓月には「夢告」の能力があった。ある日、迷子捜しの依頼を礼金ほしさについ引き受けてしまうのだが……。

つくもがみ貸します
畠中恵

お江戸の片隅、姉弟二人で切り盛りする損料屋「出雲屋」。その蔵に仕舞われっぱなしで退屈三昧、噂大好きのあやかしたちが貸し出された先で拾ってきた騒動とは!? ほろりと切なく温かい、これぞ畠中印！

つくもがみ、遊ぼうよ
畠中恵

深川の古道具屋「出雲屋」には、百年以上の時を経て妖となったつくもがみたちがたくさん！ 清次とお紅の息子・十夜は、様々な怪事件に関わりつつ、幼なじみやつくもがみに囲まれて、健やかに成長していく。

角川文庫ベストセラー

お文《ふみ》の影

宮部みゆき

月光の下、影踏みをして遊ぶ子どもたちのなかにぽつんと女の子の影が現れる。影の正体と、その因縁とは。「ぼんくら」シリーズの政五郎親分とおでこの活躍する表題作をはじめとする、全6編のあやしの世界。

過ぎ去りし王国の城

宮部みゆき

早々に進学先も決まった中学三年の二月、ひょんなことから中世ヨーロッパの古城のデッサンを拾った尾垣真。やがて絵の中にアバター（分身）を描き込むことで、自分もその世界に入り込めることを突き止める。

おそろし
三島屋変調百物語事始

宮部みゆき

17歳のおちかは、実家で起きたある事件をきっかけに心を閉ざした。今は江戸で袋物屋・三島屋を営む叔父夫婦の元で暮らしている。三島屋を訪れる人々の不思議話が、おちかの心を溶かし始める。百物語、開幕！

あんじゅう
三島屋変調百物語事続

宮部みゆき

ある日おちかは、空き屋敷にまつわる不思議な話を聞く。人を恋いながら、人のそばでは生きられない暗獣〈くろすけ〉とは……宮部みゆきの江戸怪奇譚連作集「三島屋変調百物語」第2弾。

泣き童子
三島屋変調百物語参之続

宮部みゆき

おちか1人が聞いては聞き捨てる、変わり百物語が始まって1年。三島屋の黒白の間にやってきたのは、死人のような顔色をしている奇妙な客だった。彼は虫の息の状態で、おちかにある童子の話を語るのだが……。

角川文庫ベストセラー

三鬼
三島屋変調百物語四之続

宮部みゆき

此度の語り手は山陰の小藩の元江戸家老。彼が山番士として送られた寒村で知った恐ろしい秘密とは⁉ せつなくて怖いお話が満載！ おちかが聞き手をつとめる変わり百物語、「三島屋」シリーズ文庫第四弾！

宮部みゆきの江戸怪談散歩

責任編集／宮部みゆき

物語の舞台を歩きながらその魅力を探る異色の怪談散策。北村薫氏との特別対談や〝今だから読んでほしい〟短編4作に加え、三島屋変調百物語シリーズにまつわるインタビューを収録した、ファン必携の公式読本。

妻は、くノ一　全十巻

風野真知雄

平戸藩の御船手方書物天文係の雙星彦馬は藩きっての変わり者。その彼のもとに清楚な美人、織江が嫁に来た⁉ だが織江はすぐに失踪。彦馬は妻を探しに江戸へ向かう。実は織江は、凄腕のくノ一だったのだ！

姫は、三十一

風野真知雄

平戸藩の江戸屋敷に住む清湖姫は、微妙なお年頃のお姫様。市井に出歩き町角で起こる不思議な出来事を調べるのが好き。この年になって急に、素敵な男性が次々と現れて……恋に事件に、花のお江戸を駆け巡る！

月に願いを
姫は、三十一7

風野真知雄

静湖姫は、独り身のままもうすぐ32歳。そんな折、ある藩の江戸上屋敷で藩士100人近くの死体が見付かる。調査に乗り出した静湖が辿り着いた意外な真相とは？ そして静湖の運命の人とは⁉ 衝撃の完結巻！

角川文庫ベストセラー

西郷盗撮
剣豪写真師・志村悠之介
風野真知雄

元幕臣で北辰一刀流の達人の写真師・志村悠之介は、ある日「西郷隆盛の顔を撮れ」との密命を受ける。鹿児島に潜入し西郷に接近するが、美しい女写真師、人斬り半次郎ら、一筋縄ではいかぬ者たちが現れ……。

妖かし斬り
四十郎化け物始末1
風野真知雄

烏につきまとわれているため〝からす四十郎〟と綽名される浪人・月村四十郎。ある日病気の妻の薬を買うため、用心棒仲間も嫌がる化け物退治を引き受ける。油問屋に巨大な人魂が出るというのだが……。

猫鳴小路のおそろし屋
風野真知雄

江戸は新両替町にひっそりと佇む骨董商〈おそろし屋〉。光圀公の杖は四両二分……店主・お縁が売る古い品には、歴史の裏の驚愕の事件譚や、ぞっとする話がついてくる。この店にもある秘密があって……？

女が、さむらい
風野真知雄

修行に励むうち、千葉道場の筆頭剣士となっていた長州藩の風変わりな娘・七緒は、縁談の席で強盗殺人事件に遭遇。犯人を倒し、謎の男・猫神を助けたことから、妖刀村正にまつわる陰謀に巻き込まれ……。

沙羅沙羅越え
風野真知雄

戦国時代末期。越中の佐々成政は、家康に、秀吉への徹底抗戦を懇願するため、厳冬期の飛騨山脈越えを決意する。何度でも負けてやる――白い地獄に挑んだ生真面目な武将の生き様とは。中山義秀文学賞受賞作。